神田職人えにし譚

知野みさき

角川春樹事務所

目次

第一話　のちの藪入(やぶい)り

昼下がりに茶屋・松葉屋（まつばや）で待ち合わせて、咲（さき）は修次（しゅうじ）と深川（ふかがわ）へ向かった。

牡丹（ぼたん）を意匠（いしょう）とした煙草（タバコ）入れの注文主で、その名も牡丹（ぼたん）という女に会うためである。

――意匠は牡丹で、入れ物はお咲さん、煙管（キセル）と金具は俺（おれ）に作って欲しいって――

四日前、浅草寺（せんそうじ）で師匠の弥四郎（やしろう）と別れたのちに現れた修次からこの話を聞いて、二つ返事で引き受けた咲だった。

牡丹は水無月（みなづき）に咲が作った桔梗（ききょう）の巾着（きんちゃく）と、巾着に合わせて修次が作った根付（ねつけ）を見て此（こ）度（たび）の注文に至ったという。先日、長屋への道すがらに牡丹のことを訊（たず）ねたが、修次も牡丹と顔を合わせたのはたまたま寄った桝田屋（ますだや）での一度きりで、深川に住む四十代の紅屋（べにや）の女将（おかみ）としか知らなかった。

――お咲さんより背が高くて大柄で、お咲さんと同じくらい気が強くて気っ風（きっぷ）のいい姐（ねえ）さんだった――

一度だけ顔を合わせた牡丹を修次はそう評したが、からかい口調だったせいもあって、咲にはどうにも牡丹という女がつかめない。

「立てば芍薬、座れば牡丹、歩く姿は百合の花」という俚諺があるように、俗に牡丹はしとやかな美人をたとえる言葉ゆえに、大柄な美人を想像するも、「気が強くて気っ風のいい」というのが気にかかる。己と「同じくらい」と言われれば尚更だった。

牡丹からは「意匠は任せる」と言われたそうだが、桔梗の時と同じく、ひと目でもその姿を見て、できることなら少しでも人柄を知りたいと咲は思った。紅屋なら訪ねるのも容易いと修次に店の名と場所を問うたところ、「そんなら俺も一緒に」と修次も同行することになったのだ。

「桝田屋に寄ってくかい？」

「いいや、今日はなんの用もないもの」

そっけなく応えて、咲は修次を促して日本橋の手前で東へ折れた。

一人ならちらりとでも顔を出したことだろう。だが、修次と一緒というのはどうも気まずい。もとより咲と修次の仲に興味津々だった桝田屋の女将の美弥は、己が手代の志郎と夫婦になったのち、ますます咲たちの縁結びに意気込んでいる。

お寿さんも、今頃ほくそ笑んでいるに違いない――

寿は美弥の姑で、美弥と志郎がまとまった今、今度は美弥と一緒になって咲と修次をくっつけようと目論んでいる。此度の注文のきっかけとなった三味線弾きの桔梗は寿の師匠でもあるから、寿は桔梗と美弥の双方から咲たちが仕事を共にすることをとっくに聞いている筈だ。

咲より一つ年下の修次は錺師で、好みの違いはあれどもおよその女がそうと認める色男である。昨年の長月に出会ってまだ一年足らずではあるが、修次の男振りが見かけ倒しでないことは、いくつかの出来事を通して咲も知っている。

冗談交じりとはいえ求婚されたこともあったが、今のところ咲に「その気」はなかった。「まったくない」といえば嘘になるが、「気がある」というのはどうも違う。錺師としての腕前には瞠目しているし、時には好いたらしい気がしないでもないものの、恋の相手、ましてや伴侶としてはぴんとこないままである。

二十七歳の中年増にして独り身、女職人の己が世間では「変わり者」と見られているのは承知している。だが、兄弟子の啓吾に振られてから九年、独り立ちしてから六年、最後の色恋沙汰からも四年余りになる咲は、いまや一人前の縫箔師として不自由ない暮らしをしており、良き伴侶よりも良き仕事を求める気持ちの方がずっと強い。

荒布橋を渡って、小網町から北新堀町へと抜けて、永代橋へと歩いた。

文月も二日目で暦の上では秋になったが、陽気がいいこともあり、江戸前から吹いてくる風にはまだ残暑が感ぜられる。

「……もう文月たぁ、早ぇもんだな」

石川島を見つめて修次がつぶやいた。

「そうだねぇ。なんだかんだ、過ぎてみればあっという間に思えるもんさ。でもまだ師走まで半年もあるよ」

「そうか。そんならまだ先は長ぇな」

「油断してると、これまたあっという間に過ぎちまうけどね」

早足の咲にしてはのんびりと永代橋を渡ると、二町ほど南へ歩き、相川町の角を東へ曲がって富岡八幡宮へと続く通りを進む。

牡丹の営む紅屋——その名も「牡丹家」は、永代寺門前町よりやや西側の黒江町にあった。表店だが根津屋という小間物屋に間借りしているらしい小さい店で、看板も木戸の名札ほどの大きさだ。富岡八幡宮を幾度か詣でたことがある咲は、根津屋を覗いたこともあったが、紅は他の店で買っているからか、牡丹家はどうも記憶になかった。

紅猪口は様々だが紅一品のみしか扱っておらず、店者——というより売り子も一人しかいない。修次が売り子の女に話しかける間にちらりと見た紅は、どれも玉虫色の輝きを放っている。猪口に塗られた紅は、混じりけがないほど、乾いた際に一見して紅とは思われぬ玉虫色になる。牡丹家の紅が極上品である証であった。

売り子が牡丹を呼びに行き、牡丹は咲たちを裏の長屋に案内した。

修次が言った通り、牡丹は五尺二寸の咲より三寸ほども背が高い。紅屋の女将だけに唇には紅をさしているものの、女としては並の顔立ちだ。ただし、切れ長の目にやや太めの眉は凜々しく、男としてなら顔立ちのみだが「美男」の部類に入るであろう。身体つきも背丈に合わせたように大柄で、咲よりずっと逞しいが、胸元や腰回りにはしかとした丸みがあって、張りのある顔や手足と合わせると四十路より幾分若く見える。

こりゃ「男前」な女将だね――

「あなたが縫箔師のお咲さんですか？」

「はい」

煙草呑みだからか、これまた女にしては低めの声だが、はっきりしていて耳に快い。

「突然お邪魔してすみません。ご注文の煙草入れの意匠を考える前に、一度牡丹さんにお目にかかりたかったのです」

「ふふ、『お目にかかる』ような玉じゃありませんが、まあどうぞお上がりください」

牡丹は女将にして紅職人でもあった。店は通いの売り子にほぼ任せっぱなしで、己は日中、住まいでもある裏長屋で紅餅から紅を取り出しているという。

「ちょうど一服しようかと思っていたところでした。お吸いになるようなら、あなたがたもご一緒にどうですか？」

修次も煙草は飲まないようで、咲と揃って小さく首を振る。

微苦笑を浮かべて、牡丹は傍らの煙草盆を引き寄せた。

砧形の煙管はおよそ八寸。雁首と吸口は文様のない銅、羅宇は黒竹と飾り気がない。

「煙草を覚えた時からこの煙管でしてね。馴染んでいるし、不満はないのだけれど、紅屋の女将にしちゃ色気がないでしょう？　商談でお呼ばれすることも増えたから、ここらで少し良い物をあつらえようと思ったんです」

「腕によりをかけて作りますよ」と、修次。

「私も」

にこやかに応えた修次の横で、咲も大きく頷いた。

牡丹は五年ほど前に、出羽国から江戸に出てきたという。詳しいいきさつは語らなかったが、牡丹家は女手一つで開いた店らしい。小さくとも表店を持ち、職人かつ女将として店を切り盛りする牡丹を目の当たりにして、「女職人」の咲は励まされた。

長居はせずに牡丹家を後にすると、咲は修次を富岡八幡宮へ促した。

お参りよりも、鳥居の近くに出ている稲荷寿司の屋台が目当てである。修次もしろとましろから話を聞いていたそうで、「楽しみだなぁ」と目を細める。

だが、咲がせっかく塗箱を持参したにもかかわらず、屋台は見当たらなかった。

「あれま。どうしたんだろう？」

河岸を変えたのかと向かいの店で問うてみると、店者は「残念ですが、時折そういう日があるんですよ」と肩をすくめた。

「お一人で商売されているみたいですから、気ままなものです。その代わりといってはなんですが、藪入りや年越しにはいらっしゃいます」

店者はまだ二十歳にならぬだろう若者で、「藪入り」を口にしながら微笑んだ。きたる藪入りを楽しみにしている様子が窺えて、咲も思わず笑みをこぼす。

奉公人ではないが、藪入りを待ち望んでいるのは咲も同じだった。殊に此度の藪入りでは、弟の太一が祝言を挙げるのだから尚更だ。

富岡八幡宮を詣でながら、咲はそれとなく辺りを見回した。

「あいつらがいねぇかと思ったんだが……」

そうつぶやいた修次もまた、しろとましろを探していたようだ。

「四日前に会ったばかりじゃないのさ」

「そうだが、お咲さんと一緒の方が、あいつらを見かけることが多いからよ」

咲もそう感じていたからこそ、ついつい松葉屋や永代橋でも双子が現れるのではないかと待っていた節がある。

「あの子らは時々『お見通し』らしいから、今日は深川じゃお稲荷さんにありつけないのを知っていたんじゃないかねぇ？」

「ははは、じゃあ今日は違うところで遊んでんのか」

「お遣いかもしれないよ」

しろとましろに出会ったのは修次と同じ日であったから、二人ともやはりまだ一年足らずの付き合いだ。咲と修次が神狐（しんこ）の化身だろうと信じている双子だが、金の使い方を覚えたからか、近頃は「お遣い」と称した駄賃仕事に励んでいるようである。

「お稲荷さんなら山川屋（やまかわや）に寄ってくかい？」と、修次。

山川屋は浮世小路（うきよしょうじ）の先にある居酒屋だ。稲荷寿司も出していて、美味ではあるが皮は煮付けておらず、好みで醤油（しょうゆ）や塩で楽しむものだ。

「ううーん、あれは今日はどうもねぇ……」

長屋への土産（みやげ）としては、煮付けた皮のありふれた稲荷寿司の方が好ましい。とはいえ今日は、「ありふれた」ものでも他店の稲荷寿司を土産にする気にはどうもなれない。

「お稲荷さんは諦（あきら）めて、前にお美弥さんから教えてもらった、団子がもっちりと絶品のみたらし団子を買ってくことにするよ。その方が勘吉もきっと喜ぶからさ」

「ふうん。その団子屋はどこにあるんだい？」

「団子屋じゃなくて、桝田屋の近くの茶屋が出してる団子さ」

「なら、やっぱり桝田屋に寄って行こうぜ？」

しまったと思ったが後の祭りだ。

「今日はなんだかついてる気がするんだよ。また面白い注文があるかもしれねぇぜ」

「だったら嬉しいけどね」

——注文のために、牡丹さんに会いに行っただけ。

美弥より先に己に言い聞かせながら、咲は富岡八幡宮を後にした。

⊛

土産のみたらし団子を買ってから、桝田屋へ顔を出した。

修次に続いて暖簾をくぐった咲を見て美弥は目を細めたが、客の相手を務めていたため会釈を寄越しただけである。

が、いつもなら会釈さえ寄越さぬ志郎が、二人連れの女客の相手をしていたにもかかわらず話しかけてきた。

「お二人ご一緒においでになるとは」

「牡丹さんに会いに行ったんですよ。注文の意匠を決める前に」

澄まして応えた咲に微(かす)かに口角を上げて、志郎は二人の客に向き直る。

「縫箔師のお咲さんと、錺師の修次さんです」

「まあ」と、驚き声を上げたのは二人の内年上の、おそらく母親と思(おぼ)しき女だった。もう一人は娘であろう女で、年の頃は十七、八歳、咲を含め九分九厘の者がそうと認めるに違いない美女である。

「こちらは楓屋(かえでや)のおかみさんと娘さんです」

「ああ、守り袋の……その節はありがとうございました」

楓屋は荒物屋で、咲は如月(きさらぎ)に注文で兎(うさぎ)と店の紋印を意匠にした守り袋を作っていた。

「あれは末の娘にあつらえた物でして、今日は上の娘に櫛(くし)か簪(かんざし)でもと思って訪ねたのですよ」

商品はないものの、話の種に修次の名が出たところへ咲たちが現れたそうである。

「修次さんのお名前はよく耳にいたします。――どう、かつら？　せっかくこうして直(じか)にお会いできたのだもの。ここは一つ、修次さんに簪を注文しましょうよ」

耳にしていたのは名前だけではあるまい。四十路近い母親は役者を愛(め)でるがごとく修次を上から下まで眺めつつ、娘のかつらに話しかける。

「……でも、簪ならもういくつも持ってるわ」

つぶやくように言いながら、かつらは修次と咲を交互に見やった。

「修次さんは簪の他には何をお作りに？」

「金銀で作れる物ならなんでも――と言いたいところですが、女物なら笄や飾り櫛やらですな。お望みとあらば、鏡や香炉なんかの細工も引き受けますよ」

「では、男物だったら？」

「男物なら煙管に根付、印籠やらですかね。ああ、もちろん入用ならこれらも女物を作ります。先日も女の人から煙管の注文を受けましてね。煙草入れと一緒の注文で煙管と金具は私が、入れ物はお咲さんが手がけることになっております」

「入れ物はお咲さんが……お二人は仲良しなのね？」

「これ、かつら」

仲良し、という言葉に男女の含みを嗅ぎ取ったらしく、母親がたしなめた。

「物は違えど、同じ小間物を扱う職人ですからね。お咲さんとは、いい職人仲間なんですや」

咲が言おうとした台詞を、咲より早く修次が口にした。

「職人仲間ですか」

年頃の娘らしく興味津々になって、かつらは再び咲と修次に交互に目をやる。

咲もかつらを見つめ返したが、改めて見ても整った顔立ちをしている。

丸顔に、左右そろった眉が緩やかな弧を描いている。目はやや大きいが、ほどよい太さの眉に見合っていて、すっと通った鼻筋にほんのり丸い鼻、鼻とあまり変わらぬ大きさで上下揃ったやはり丸みを帯びた唇が愛らしい。

己はともかく、修次に見つめ返されても、恥じらったり物怖(ものお)じしたりしないのは、人目に慣れた美女ゆえだろう。修次は今年二十六歳だから、十歳ほども歳(とし)は離れているものの、二人並ぶとなかなか似合いの美男美女だ。

うん。

悪かないね――

内心くすりとすると、続けて幾分安堵(あんど)する。「職人仲間」なれば、修次に関する嫉妬(しっと)の念は仕事のことのみに留(とど)めておきたいものである。

「――修次さんには悪いけど、私、此度はお咲さんにお願いしたいわ」

「構いませんよ」と、修次はにっこりして咲を振り向いた。「お咲さんの腕前はこちらの志郎さんや女将さんのお墨付きです。無論、私も推しますよ」

「腕前はもう存じております」

そう言ってかつらは咲を見た。

「妹の守り袋は本当に素晴らしい出来だったもの」

「ありがとう存じます」

「妹はあの守り袋をそれは大切にしていて、手習いでは墨が飛ばないように隠してるんですって。時折、店先でお客さんにも自慢気に見せているわ。表の兎もだけど、裏のうちの紋印と看板を並べて見せたりして可愛いの」

「職人冥利にございます」

「でも、かつら、あなたは守り袋なんてもういらないじゃないの」

横から母親が口を挟んだ。

「せっかく桝田屋さんに連れて来てあげたのだから、もっと、その、あなたに似合う物を買いなさいな。もうねぇ、この子はいつも安物ばっかりで……」

咲の守り袋もけして安物ではないのだが、どうやら母親は無名の咲よりも、名の知れている修次の作った物をかつらに勧めたいようだ。

「あら、まさかお咲さんは守り袋しか作らないというんじゃないでしょう?」

「財布でも櫛入れでも巾着でも……帯でも着物でも作りますよ」

「帯や着物はとてもとても。うちは荒物屋で、大名家や役者じゃないもの」

かつらが苦笑するのはもっともで、帯はまだしも縫箔入りの着物となると、大名家どころか大奥でも昨今は珍しいに違いない。箔座がなくなってからもう八十年余りが経っており、老中の松平定信が質素倹約をかかげるずっと前から、縫箔をふんだんに取り入れた着物の注文は減っている。縫箔師の主たる客はいまやおよそ役者であった。

「櫛入れも欲しいけど、財布か巾着がいいわね。今は決められないわ。少し考えさせてください」

「ええ、ご注文はいつでも構いません」

志郎と共にかつらたちを見送ってから、咲たちも暇を告げた。美弥はまだ客の相手を続けていたが、何やら温かい眼差しで咲たちに会釈する。

桝田屋を出ると、修次が得意げに胸を張った。

「な？　俺の勘も捨てたもんじゃねぇだろう？」

「そうだね」と、咲は素直に頷いた。

母親の方は不満げだったが、かつらは修次よりも己を選んでくれたのだ。

「嬉しそうだな、お咲さん」

「そりゃ嬉しいさ。あの子ならなんでも似合いそうだし、あんたに負けてばかりはいられないもの」

「なんでぇ、勝ち負けなんざどうでもいいだろう？　俺とお咲さんの間柄でよ」

「おや、あんただって張り合ってきたじゃないのさ？　わざわざ桔梗さんの巾着に合わせた根付を作ってきてさ」

交ぜっ返して、咲はにっこりとした。

「いいじゃないの。錺師と縫箔師――物は違えど職人同士、これからもお互い切磋琢磨(せっさたくま)していこうじゃないの」

「ちぇっ」

舌打ちして苦笑を浮かべた修次を促して、咲は日本橋から家路に就いた。

❀

二日後。

桝田屋へ納める猿の守り袋を一つ仕上げて、長屋の皆とおやつを食べてから咲は出かけた。

牡丹の煙草入れの意匠を考えながら、下白壁町(しもしろかべちょう)へ足を向ける。下白壁町は咲の住む平永町(ひらながちょう)から四町ほど南南西に位置する町で、太一の住む「作兵衛(さくべえ)長屋」がある。

「お喜代さん、おくらさん、こんにちは」

「あら、お咲さん、いらっしゃい」

木戸をくぐると、もう顔見知りとなったおかみの二人に挨拶してから、通りすがりに大家の作兵衛にも声をかけた。

太一がこの長屋に引っ越してきたのは、水無月の終わりだった。太一は塗物師で、師匠の景三は下白壁町から鍛冶町を挟んだ西側の、その名も塗師町に住んでいる。

他の子供たちよりずっと早く、十歳で景三に弟子入りした太一は、二十三歳にしてようやく独り立ちが認められた。咲がその話を聞いたのは睦月の藪入りの折で、独り立ちのみならず、嫁取りの知らせも一緒であった。年の半ばであるが、けじめよく文月の藪入りで奉公を仕舞いとし、祝言を挙げようというのである。

藪入りまでの短い間は「通い」としているがため、まだ主の帰らぬ二階建て長屋はがらんとしている。引き戸を開け放すと、咲は桶に水を汲んで来て、持参したたわしを使ってかまどを磨き始める。

太一と夫婦となる娘は桂という名で、大伝馬町にある菓子屋・五十嵐の娘だ。桂を迎える前に長屋を一通り綺麗にしておこうと、咲が掃除に訪ねるようになって今日で三度目だった。

なんせ、もとがやもめの庭師だものね……

やもめや庭師が悪いのではないが、前の店子（たなこ）は三十代半ばの庭師で、十年ほど前に離縁した妻が出て行ってからも、一人でこの同じ長屋で暮らしていたそうである。庭師としての腕前はそこそこらしいが、家のことには無頓着で、長屋のおかみたちの評判は芳しくなかった。

庭師は離縁から十年を経てようやく九尺二間（くしやくにけん）に移ることにしたそうで、出て行ってから新居に入り切らぬ家財を古道具屋に引き取らせていた。家はろくに掃除されておらず、太一と手分けしながら上から下まで一通り掃いて拭（ふ）き上げたものの、まだ張り替えていない畳にはすえた臭（にお）いが染み付いている。

炊事は苦手だったようで、台所がさほど汚れていないのは救いであった。瓶（かめ）や鍋（なべ）は新しい物を支度できるが、かまどや流しは難しい。

塗物師なれば太一もこれまで炊事を「修業」したことはなく、かろうじて米は炊けるものの、引っ越してからの食事は近所の煮売屋や蕎麦屋（そばや）に頼っている。桂が主に使うことを思えば、台所の掃除には一層身が入った。

藪入りまで夕餉（ゆうげ）を支度してやろうかと考えたこともあったが、甘やかしてはならぬと切り出さず、太一も頼んでこなかった。

独り立ちの苦労も知らぬうちから二階建ての家なぞ、分不相応ではないかと初めは思った。だが、咲とてそれほど稼ぎがないうちから今の二階建てに一人で住んでいる。

独り立ちか……

姉にして親代わりを務めてきた咲である。弟の前途を喜ぶ傍ら、つい案じてしまうのだが、少なくとも太一は「独り」ではない。

七ツを過ぎて少ししてから、咲は太一を待たずに作兵衛長屋を後にした。

と、木戸を出たところで、ばったり太一と顔を合わせる。

「なんだ、来てたのか」

「台所の掃除にね」

「ああ、そら、ありがとさん」

「早かったじゃないのさ」

「うん。今日はちと師匠と得意先を回って来てよ。その、少し俺にも仕事を回してもらえるようにと……」

「なんともありがたい話だね」

「うん。それでさっき帰って来たんだが、今から仕事ってのもなんだから、今日は帰っていいと言われてよ。ああ、そうだ。おかみさんが煮物を持たしてくれたんだが、ちょっと持ってくかい?」

「いや、夕餉はもうあてがあるからさ。それはあんたが全部お食べ」

あてがあるというのは嘘だった。太一が手にしているのは丼一つで、煮物は半分ほどしか入っていない。全部食しても太一のような若者には物足りぬと思われるのに、分けようとしてくれた心遣いだけで咲には充分だった。

「じゃあ、私は帰るから」

「おう。気を付けてな」

弟に見送られるのはどうも気恥ずかしく、咲はうつむき加減に早足で木戸を離れた。

半町余り北へ歩いて、ふと咲は背中に視線を感じて振り向いた。

木戸を見やるも太一の姿は既にない。ぐるりと辺りを見回したが、家路を行く者が増えた通りでは誰も己のことなぞ見ていない。

思い過ごしかと歩き出すことひととき、後ろから覚えのある声がかかった。

「咲!」

「縫箔師の咲!」

振り向くと、しろとましろが小走りに近付いて来る。

――この子らだったのか。

くすりとしながら、咲はしろとましろを待った。

双子は相変わらず濃藍の着物を着ていて、やや癖のある栗色の髪を左右に振り分けて束ねている。夏の間もあちこち出歩いていた割には肌は白いままで、古臭い髪型と合わせて、やはり「お狐さま」だと咲は内心合点した。着物に帯に守り袋と、身につけている物が藍染ばかりなのも、藍が魔除けや厄除けといわれているがゆえと思われる。

「しろにましろ、あんたたちもおうちに帰るところかい？」

咲が問うと、しろとましろは同時に応えた。

「うん、今日はもう帰る」

「ううん、今日はもう一仕事」

顔を見合わせて、双子は再び咲を見上げた。

「ううん、まだお遣いの途中」

「うん、おうちに帰るところ」

「どっちなんだい？　しっかりおしよ」

互いにまた違うことを口にしたしろとましろを、咲はからかった。

双子は今一度顔を見合わせて、ひそひそと二言三言、咲に聞こえぬ声で耳打ちし合うと、三度揃って口を開いた。

「お遣いしておうちに帰る」

「おうちに帰る前にお遣い」

「ふふ、やっと揃ったね」

咲が笑うと、しろとましろも目を細めて口々に言った。

「咲、今日は機嫌がいいね」

「うん、今日の咲は怖くないね」

「今日は、ってあんたたち」

「どうして？」

「どうして今日は機嫌がいいの？」

「どうしてって……藪入りが近いからさ」

冗談半分なのは承知の上だが、そんなにいつも怖い顔をしているだろうかと自省しながら咲は応えた。

「藪入り？」

「藪入り……？」

顔を見合わせて小首をかしげたところを見ると、双子は藪入りを知らぬらしい。

「藪入りってのは、奉公人が年に二度——睦月と文月に——もらう休みのことさ」

「睦月なら知ってる」

「文月も知ってる」

口々に言ってから、二人は再び小首をかしげた。

「奉公人……？」

「誰のこと？」

「奉公人ってのは、そうだねぇ、雇われの——ああ、ええと、よそさまのおうちや店で働く者のことだよ。奉公人の多くはおうちから、つまり親兄弟から離れて働いているからさ、みんな藪入りでおうちに帰るのを楽しみにしているんだよ」

「じゃあ、咲も帰る？」

「おうちに帰る？」

「私はもう雇われじゃないもの。それに、おとっつぁんもおっかさんもとうに亡くなっているからね」

咲が言うと、しろとましろは揃って眉を八の字にした。

双子は出会った時からほとんど変わらず、人の子供にすれば七、八歳とまだ幼い。柳原の小さな稲荷神社を住処としていて、父母とは離れて暮らしているようなのだが、父母を恋しがる気持ちは人と変わらぬのであろう。

「ああでも、代わりに弟と妹が帰って来るんだよ。だから藪入りが楽しみなのさ」

「なぁんだ」

小生意気な時が多いものの、ほっと安堵の表情を浮かべた様は愛らしい。

「ついでに、弟の太一は此度の藪入りで祝言を挙げるんだ。祝言は知ってるかい？」

「知ってる」

「おいらも知ってる」

「嫁入り」

「婿取り」

「提灯持ってみんなで行くんだ」

「土産もたんと持って行くんだ」

「ご馳走がたっぷり」

「お揚げもいっぱい」

口々に言って、双子は「にひひ」と忍び笑いを漏らした。俗に「狐の嫁入り」といえば通り雨のことであるが、双子の知る祝言は人のそれと違わぬもののようである。

「太一は嫁取り？」

「それとも婿入り？」

「嫁取りだよ」

「そんなら、太一の嫁もお揚げを持って来る？」

「みんなの分もたくさん持って来る？」

「ううーん、お揚げはないだろうねぇ」

咲の返答に、双子の眉はまたしても八の字になる。

咲が苦笑をこぼす間に、しろとましろは気を取り直して互いを小突いた。

「あのね、咲」

並んだ二人の内、咲から見て左側の、おそらくしろが呼びかけた。

「なんだい？」

「あそこに怪しい男がいるんだ」と、応えたのは右側のおそらくましろだ。

「怪しい男？」

二人が指差す方へ咲が振り向くと、十間余り後ろにいた一人の男と目が合った。

鼠色の着物に砂色の縞の帯を締めている。男がさっと顔をそらして踵を返したため、顔立ちはよく見えなかった。

思い過ごしじゃなかったのか……

「おいらたち、あいつのことを教えてやろうと思ったんだ」

「咲に教えてやろうと思って、呼び止めたんだ」

いつもの生意気顔になって、恩着せがましく二人は言った。

「あいつ、咲をじっと見ていたよ」

「じっと見ながら追いかけてたよ」

誰だろう――

しろとましろの言葉を聞きながら内心小首をかしげる。

もしや、どこぞで見初められたんだろうか――などと、ぼんやり浮かんだ憶測を、咲はすぐさま打ち消した。

――思い上がりもはなはだしい。

居職の咲がこうして町を出歩くことはあまりない。己を卑下するつもりはないのだが、そう悪くない、身なりも整っている方だと思っていても、傍から見れば中年増にして鉄漿もつけていない「行き遅れ」である。先だって出会ったかつらのように、年頃で人目を引く美女ならともかく、岡惚れされるなどまずないことだ。

「あいつ、逃げやがった」

「咲よりおっきい男なのに逃げやがった」

やや伝法な口調になって双子は言った。それから咲を見上げてにやにや笑う。

「あいつも咲が怖かったんだな」

「やっぱり咲が怖かったんだ」

「あんたたち！」

咲が声を高くすると、双子はきゃっきゃと笑いながら駆け出して、あっという間に人混みに紛れて見えなくなった。

◎

一日おいて、藪入りまであと十日となった文月は六日、咲は再び外へ出かけた。

此度は妹の雪(ゆき)を訪ねるためである。

かつらからの注文はまだないが、楓屋という店の名から思いついて、野山の紅葉を描いた巾着を作り始めた。山肌には赤や橙(だいだい)色を基調に少しだけ緑を交え、上の方にうっすらと山影と空を――ただし、やや霧がかった光景として――灰黄緑や枯野色を使って入れるつもりだ。渋めの意匠ゆえ十代のかつらには似合わぬが、時節柄、桝田屋に置いておけば売れるだろう。

いつもより早めに朝餉(あさげ)を済ませて表の面に取りかかり、空の部分を縫い終えた辺りで九ツの捨鐘を聞いた。

よそ行きを着て、咲は柳原を東へ向かった。

和泉橋の近くの件の稲荷神社にも寄ってみたが、真っ昼間だからか、しろとましろには——修次にも——出会うことなく、浅草御門から神田川を渡る。御蔵前から八幡宮、駒形堂を通り過ぎ、東仲町まで行くと、仲見世の裏手にあるはまなす堂に先に立ち寄った。はまなす堂は長屋の足袋職人の由蔵が贔屓にしている菓子屋で、由蔵も長屋の皆も殊に金鍔がお気に入りだ。

長屋でのおやつには到底間に合わぬゆえ、二つだけ金鍔を買い求めると、一つを昼餉代わりに口にする。少し浅草広小路をぶらついて、八ツを過ぎてから咲は三間町にある雪の奉公先の旅籠・立花へ足を向けた。

番頭の茂兵衛に言付けて、裏口で待つことしばし、雪が現れる。

他の奉公人に聞こえぬよう、雪は眉をひそめて小声で問うた。

「お姉ちゃん、どうしたの？」

「太一の祝言のことで、先にちょっと伝えとこうと思ってさ。ああ、これは後でこっそりお食べ」

金鍔の包みを雪に押し付けてから、咲は急いで続けた。

「祝言は七ツからだけど、私らは先に行って祝い膳の支度をするからね」

「うん」

「料理は三吉さんに頼んであるから、八ツ過ぎには取りに行くから」

「うん」

「食器は景三さんが貸してくれるってんで、昼過ぎには太一と取りに行こうって話してね。ああ、その前に最後の掃除をしなくちゃなんだけど、なんなら三人で蕎麦でも食べに行こうって、太一がね」

「もう！」

口元に手をやって雪が笑い出した。

「あのね、ちゃんと女将さんにも小太郎さんにも話してあるから。藪入りには、朝一番で小太郎さんが迎えに来てくれることになってるの。朝のうちに二人で浅草寺をお参りして、四ツにはそっちに行くから、それからはなんにでもこき使ってちょうだいな」

「そ、そうかい。すまないね」

「どうしてよ？　お姉ちゃんには弟の、私にはお兄ちゃんの祝言よ」

「そうだけどさ」

「式三献は景三さんが務めてくださるのよね？　それなら、うちの方は景三さんとお姉ちゃんと私だけ？」

「藤次郎さんに頼んで、一緒に来てくれることになったよ。向こうさんはご両親に、お桂さんとお兄さんご一家で合わせて六人、うちは藤次郎さん入れて五人だから、まあ格好がつくだろう？」

　親代わりと称していても、祝言のような場では二十代の女では力不足に思われる。父親を早くに亡くした分、男に頼ることがあまりなかった咲には、此度の景三や藤次郎の同席はやはり心強い。

「ふふ、心配しなくてもうまくいくわよ。お姉ちゃんが仕切るんだもの」

「気楽に言ってくれるじゃないの」

「そうよ。末っ子は気楽でいいわ」

　恋人の小太郎に会うためもあろうが、雪は着物やら髪結やらももうしっかり考えているらしい。ひととき互いに手筈をあれこれ確かめたのち、咲は立花を後にした。

　一月前に比べれば陽が落ちるのが早くなったが、夕刻までまだしばらくある。

　戻り道中の、いつも通り過ぎることが多い茅町の小間物屋の前で咲は足を止めた。何か、胸を沸き立たせるような「良い物」がないかと、期待を込めて暖簾をくぐる。

「いらっしゃいませ」

店者に促されて上がりかまちに近付くと、既に腰かけて簪の入った箱を眺めていた女がふと振り向いた。

「あら、お咲さん」

「まあ、かつらさん――」

驚いたのも束の間、かつらの横で立ったまま箱を覗いていた男が振り返り、咲を続けて驚かす。

「こりゃ驚いた」

「そりゃこっちの台詞だよ」

修次であった。

ついいつもの口調で応えてしまったが、思わぬ組み合わせにどうしたものかと迷った咲へ、かつらがにっこり微笑んだ。

「噂をすれば影ね。ついさっき、お咲さんの話をしていたんですよ」

「私の？」

「ええ。何を注文しようかまだ迷ってて……修次さんに相談してたんです」

「そうでしたか」

「お咲さんは、こちらの小間物屋にもお品を置いているんですか？」

「いえ、いつも家にいるものですから、出かけた折には小間物屋を覗くようにしているんです。流行り(はや)や他の職人の仕事を知りたいので……」

「私もです。私も流行りやいろんな職人の小間物が見たくて、つい覗いてしまうの」

「何かお気に召す物はありましたか？」

「まだ何も。お咲さんもご一緒に是非」

そう言われてかつらの手元を覗き込むも、咲の目を引くような物は箱になかった。

長居はせずに小間物屋を出ると、かつらは咲の方を見て問うた。

「喉(のど)が渇いたから、両国広小路(りょうごくひろこうじ)でお茶を一杯飲んでいこうって修次さんと話してたんですけれど、お咲さんも一緒にいかが？」

「……お誘いはありがたいですが、私はちょっと他にも用がありますので」

どういういきさつで二人が共にいるのか定かではなかったが、誘いをかけたのはかつらだろうと踏んでいた。咲を誘ったのは今になって恥じらいを覚えたからか、人目を気にしてのことだろう。

桝田屋でもそうだったが、修次とかつらはどちらも人目を引く美男に美女だ。二人揃えば尚更で、こうして立ち話をしていても道行く者がちらほらと二人を盗み見てゆく。

「残念だわ。お咲さんともっとお話ししたかったのに……あの、注文は巾着にしようかって話してたんです。巾着ならよく使うし、お外で自慢できるし——修次さんもそう勧めてくださって。でも、色柄はまだ決めていないので、もう少しお待ちくださいね」

「承知しました。どうぞ、ごゆっくり」

にこやかに応えると傍らの修次は少しばかり困った顔をしたが、かつらのような女に頼りにされれば悪い気はしないであろう。

以前修次と男女の仲だった紺という三味線の師匠よりも、かつて修次が想いを寄せたことがあったという義姉の篠よりも、かつらの方が修次にはずっと似合っている。そのせいか、自分でも不思議なことに嫉妬心は湧いてこなかった。

「せめて、広小路まではご一緒に」

「ええ」

かつらに促されて両国広小路まで向かう道中で、咲は話の種に己が浅草に来た理由を話した。

祝言と聞いて、そこは年頃の娘らしくかつらは目を輝かせる。

「藪入りに祝言ならもうすぐね。おめでとうございます」

「ありがとうございます。お嫁さんの名前がまた、桂というんですよ。桂花の桂」

「あら、なんだかご縁に思いますわ。私の名は桂の木から取ったものですけれど……うちは兄が錦木(にしきぎ)の錦太郎(きんたろう)、妹は仮名でつたっていうの」

「楓屋だから紅葉する木で揃えてるんですね」

「そうなの。でも、桂花は大好きよ。巾着の意匠は桂花もいいわね――」

楓屋は本銀町(ほんしろがねちょう)にあると聞いていた。本銀町は十軒店(じっけんだな)の北西に位置する町で、十軒店ほどの賑(にぎ)わいはないものの、神田よりは大店が多く、商売に向いている。大店かどうかは判(わか)らぬが、桝田屋を贔屓にしているのなら、楓屋はそれなりに繁盛していると思われる。かつらの身なりも裕福な家を思わせるものの、話し方や仕草は箱入り娘にはほど遠く、溌剌(はつらつ)としていて咲には好ましい。

でも、身贔屓かもしれないけれど……

桂は顔立ちはかつらに及ばぬし、二十歳過ぎたいわゆる年増であるが、己よりずっと愛嬌(あいきょう)があり、はきはきとした話し方が清々(すがすが)しい娘である。太一もこれまた――身贔屓交じりだが――中の上と悪くない顔立ちで、夫婦としてならそこらの男女よりずっとお似合いだと、咲は修次とかつらを見ながら悦に入った。

浅草御門をくぐって両国広小路に出ると、咲は気を回して先に会釈した。

「じゃあ、私はこの辺で」

「では、近いうちにまた」

かつらが会釈を返す横で、修次はつぶやくように小声で言った。

「うん、また近いうちに……」

七ツまで四半刻（しはんとき）余りかという刻限だった。

帰り道にもしろとましろの姿はなく、何やら物足りぬ思いで咲は帰宅した。

長屋の木戸をくぐると、勘吉が気付いて駆けて来る。

「おさきさん、おかえんなさい！」

「ただいま。起きてたんだね」

今年四歳の勘吉は昼寝が多く、昼餉の後のみならず、おやつの後にも眠っていることがしばしばある。

「おきてたよぅ。でも、けんきちはまだねてる」

勘吉が言った端から、弟にして赤子の賢吉（けんきち）の泣き声が聞こえてきた。

「あ、おきた」

勘吉が家の方を見やった矢先、「ごめんください」と、木戸から男が入って来た。

「あ、おきゃくさん」

「秀吉（しゅうきち）と申します」

「おいらはかんきちです！」

吉が付く名に親しみを覚えたのだろう。目を輝かせて名乗った勘吉へ「そうかい」と温かい笑みを向けてから、秀吉は咲の方を見た。

「あの、ちょっとお咲さんにお話が……」

「えっ、私ですか？」

思わず問い返すと、秀吉は重々しく頷いた。

「おきゃくさん！　おさきさんにおきゃくさん」

嬉しげに声を高くして、勘吉は家に――母親の路（みち）と賢吉のもとへと駆けて行く。

「しらないおとこのひと」

「男の人？」

「うん、しゅうきちさん」

「しゅうきちさん？」

もう、勘吉ったら――

路の弾んだ声を聞きながら、咲は秀吉を己の家にいざなった。

秀吉を上がりかまちに促すと、戸口は開けたまま、咲は草履（ぞうり）を脱いで家に上がった。

「ええと、秀吉さんでしたね。どちらの秀吉さんでしょう?」

「あ、あの、萬作堂の秀吉です。うちは永富町の小間物屋で、秀吉は太閤さんと同じ字で……」

太閤さんと同じと聞いて、ついくすりとしそうになるのを咲はこらえた。

というのも、秀吉は眉が弧を描いていて瞳はつぶら、鼻の下はやや長く、耳は大きいといったいわゆる猿顔だからだ。

太閤というのは摂政や関白の座を身内に譲った者への称号だが、俗に「太閤」といえば織田信長に「猿」と呼ばれた豊臣秀吉のことである。読み方は違えど同じ字で名付けたのは、秀吉が赤子の時分から猿顔で、天下統一を果たした豊臣秀吉にあやかろうとしてのことではなかろうか。

秀吉は身体つきは一人前だが、丸顔で頰がつるりとしているからか、咲より十年は若く見える。笑い皺しかない猿顔は頼もしげで愛らしく、先ほど勘吉に見せた笑みと合わせると、小間物屋よりも玩具屋の方が似合うように思われた。

萬作堂という名の小間物屋には覚えがあったが、おそらくもう何年も前に訪ねたきりで店構えも思い出せない。

「小間物屋さんなら、お話というのは縫箔の注文でしょうか?」

「あ、いえ」

「違うんですか？」

ではなんなのだと、訝（いぶか）しみながら問い返した咲へ、更にしどろもどろになって秀吉は言った。

「あの……太一さんはきたる藪入りで祝言を挙げるそうです」

「ええ、そうですよ」

「あ、あなたとは違う女の人とです」

「ええ――」

頷きかけて咲は目を剝（む）いた。

「あたり前じゃないのさ。あんた、私を誰だと思ってんだい？　私は太一の姉だよ」

「えっ？　お、お姉さん？」

「そうともさ」

「ああ、私はてっきり……」

どうやら秀吉は、咲を太一の女だと勘違いしていたようである。

ふと、咲は思い出した。

「あんた、もしかして先日私をつけてた、鼠色の着物の――」

「すす、すみません」

上がりかまちから立ち上がって、秀吉は深々と頭を下げた。

「いいから、お座りよ。座って、どういうことだか話を聞かせておくれ」

すっかりいつもの調子に戻った咲へ、座り直した秀吉が事の次第を語った。

秀吉の祖母は甘い物好きで、月に三度は五十嵐に菓子を買いに行っていたのだが、二年ほど前に足を悪くしてしまった。代わりに五十嵐に遣いに行くようになった秀吉は、桂に懸想するようになったそうである。

「じゃあ、あんたはもしや、太一に逆恨みしてわざわざ長屋まで喧嘩を売りに……」

「そ、そんな大それたことは」と、秀吉は慌てて手を振った。「私はただひと目、許婚だって男の顔が見てみたかっただけで、弟さんに何かしようなんて肚はちっとも」

秀吉は店者ではなく萬作堂の跡取りだという。ゆえに女客の扱いには慣れているものの、恋には奥手な男らしい。

「お桂さんとは初めのうちは気さくに話せていたんですが、気になり始めるとどうも固くなってしまって、同い年だと知ったのは昨年でした」

桂と同い年なら二十一歳で、秀吉は咲の想像より更に幾分童顔だったことになる。

「妻問いするなら急がなければと思ったのですが、私はまだ半人前で、店を継がせてもらうまでしばらくあるのでなかなか切り出せず……まずは付文に小間物でも添えて贈ろうかと迷っているうちに、先月のこと、お桂さんが他の客と、次の藪入りには嫁入りすると話しているのを聞いたんです」

せめてどこの誰に嫁ぐのか、桂にふさわしい男かどうか、己の目で確かめねば諦め切れぬと、秀吉は五十嵐でそれとなく探り、太一が塗物師であることを突き止めた。

「塗師町の景三さんという方のもとで奉公していると聞いたので、おとといそちらに伺いました」

だが、塗物目当てでないだけに、どうやって呼び出そうか思案する間に太一が表へ出て来た。

「他のお弟子さんとの挨拶から、太一さんだと判りました。でも、急なことで顔がよく見えなかったので、しばし後を追ってみることにしたんです」

「そうしてあの長屋まで来てみたら、木戸の前で太一が私と——他の女と話し込んでるのを見たんだね？」

「その通りです」

あの時秀吉は咲たちの近くを一度通り過ぎたそうで、「なんだ、来てたのか」「台所の掃除にね」といったやり取りをちらりと耳にして、その親しげな様子から咲が太一の通いの女ではないかと推察したという。

「莫迦莫迦しい。――それで、どうしてお桂さんじゃなく、私のところへ？　ああ、待った。当ててみせようじゃないの。お桂さんに直に進言するよりも、気の強そうな私に言えば、私が太一かお桂さんとこに乗り込んでって、縁談をぶち壊しにするとでも考えたんだろう？」

「そ――その通りで……」

がくりと秀吉はうなだれた。

「呆れたね。でも、どうして私のことが判ったのさ？　あ、あれからまた、私をつけて来たのかい？」

秀吉は一昨日、咲と目を合わせてすぐに逃げ出している。

「とんでもない！　――けど、あの後どうしても気になって、昨日の昼間、あすこの長屋の大家さんにお咲さんのことを訊ねたんです」

秀吉が小間物屋だと名乗り、「昨日いらした、刺繡入りの巾着を持った女の方」として咲のことを訊ねたからか、大家の作兵衛は咲が太一の姉であることは口にせず、「平永町の縫箔師のお咲さん」とだけ告げたらしい。

「まったくとんだ思い違いだよ」

「はあ、お怒りはごもっともで……申し訳ありません」

「何も怒っちゃいないさ」

しろとましろに言われたことを思い出して、咲は努めて渋面を和らげた。

「けど、うちの太一がお桂さんを見初めたのは三年半前、二人が相思になってからもう二年半になるんだ。秀吉さんにはお気の毒だけど、お桂さんのことは諦めとくれ」

「……はい」

再びうなだれた秀吉だったが、数瞬にして顔を上げると、取り繕うように家の中を見回した。

仕事場は二階にあるのだが、一階の壁には着物と一緒に、縫箔入りのいくつかの巾着がかけてあった。咲の手元の巾着にも目をやって、秀吉は言った。

「それも、お咲さんが？」

「そうだよ」

「おととい持っていらしたのと同じ物ですね。見せていただけないでしょうか？」

巾着は無論咲の手作りで、萩を意匠としていた。

秋らしい枯草色の布に、枝垂れた萩を巾着の下の方に数本だけ入れ、花には紫色の糸を混ぜて深い色味をもたせてある。今手がけている秋の山を模した巾着と違い、手持ちの着物に合わせて、巾着ばかりが豪奢に見えぬよう一面に刺繍を施すのは避けた。しかしながら、葉は薄く、花はややふっくらと縫い上げて、咲なりに「良い物」に仕上がったと自負している。

巾着を手にした秀吉が目を細める。

「縫箔師というのは話半分に聞いていたんですが、どちらかで修業されたんですか？」

「連雀町の弥四郎親方のもとで、九年ほどね。今は一人で、こういう巾着やら守り袋やら財布やらを、日本橋の桝田屋に置かせてもらってるよ」

懐に入れっぱなしだった財布も取り出して秀吉に見せた。財布は千日紅の縫箔を施したもので、咲のお気に入りだ。

「桝田屋さんかぁ。あすこと取引してるとは、大した職人さんだ」

ようやく若者らしい笑顔を見せて秀吉は言った。

「あすこは女将さんも手代もえらい目利きだそうで……ああ、私はまだ一度しか訪ねたことがないんです。どうも気後れしてしまいましてね。うちはもっと、その、安物しか置いていないので……」

萬作堂は五十文からせいぜい一朱の小間物しか置いていないのだと、恥ずかしげに苦笑を浮かべる。

「うちも桝田屋さんみたいに、お咲さんのようなお人の作った一流品を置いてみたいと思わないでもないですが、分不相応といいましょうか。店の格式が違います。でも私はまあ、なんだかんだ店が気に入っておりますがね」

「それならいいじゃないの。無理に高い品物を置くこたないよ」

格式は違うやもしれぬが、分不相応とは思わなかった。

桝田屋に品物を納めていても、桝田屋の得意客と咲の暮らしはまったく違う。今でこそ多少はこだわった小間物を手に入れることができるようになったものの、咲を含めて町の女のほとんどは萬作堂のような小間物屋に世話になっている筈だ。咲としては身近な小間物屋でも、安物ばかりではなく上物も少しは置いてある方が楽しいが、「分不相応」だと店主が思っているうちは、客にもそうと伝わるものである。

「私だって、桝田屋では眺めるだけさ。売り込みを兼ねて巾着や財布は自分で作った物を持ち歩いてるけどね、櫛や簪はご覧の通り」

櫛は透かし彫りの入った黄楊(つげ)、簪は銀の平打(ひらうち)でどちらも一朱しなかった。

「ですが、平打は蓮(はす)、櫛は葛(くず)の花――ですね？　どちらもあまり見ない意匠で、お咲さんにお似合いです」

おべっか交じりだとしても悪い気はしない。どちらも秀吉の言う通り、ありきたりでない意匠が気に入って買い求めた物だ。

「流石(さすが)、小間物屋の跡取りだね。お目が高いよ」

互いににっこりとして微笑み合うと、咲は続けた。

「これも何かの縁だもの。近々お店に寄せてもらうよ。永富町だったね？」

「ええ、是非。永富町の萬作堂です」

◎

市中の小間物屋のことで、秀吉とはしばし話が弾んだ。

四半刻余り経てから暇を告げた秀吉を、咲は木戸の外まで見送りに出た。

「しゅうきちさん、かえっちゃうの？」

見送りを聞きつけて木戸までついて来た勘吉に、秀吉は腰をかがめて微笑んだ。

「うん。七ツを過ぎたのについ長居しちゃったな」

「またあそびにくる？」

「はは、いつかお咲さんに仕事を頼むことになったらな。けど、次はお咲さんがうちの店に来てくれるんだよ」

「おみせ？　なんのおみせ？　おいらもあそびにいっていい？」

「こら、勘吉。お仕事のお店だよ」

「おしごとかぁ……」

――お仕事の邪魔はいけません――

そう母親から常々言われている勘吉は、がっかりとしてつぶやいた。

「勘吉も年頃になったら来てくれよ」と、秀吉。

「おいらもうよっつだよ。もうよっつになったんだ。けんきちはまだひとつ」

「じゃあ、あと十年くらいかな」

「じゅうねん……？」

きょとんとしたところを見ると、理解しているとは思えない。

だがどのみち、四歳の勘吉には気の遠くなるような年月だろう。

私にはあっという間かもしれないけれど――

「ねぇ、おさきさん。じゅうねんくらいって、どれくらい？」

案の定、己を見上げて訊ねた勘吉の頭を、微苦笑と共にひと撫でした。

「あとで、おっかさんに訊いてみな」

「うん、それがいい」と、秀吉も頷く。

会釈をこぼして、秀吉がのんびり通りを歩いて行くのを束の間見送り、咲は勘吉を木戸の中へ促した。

——と。

「あ、しゅうじさん」

「えっ?」

秀吉が去って行った方とは反対側から、両国広小路で別れた修次がやって来る。

「やあ、勘吉」

「やあ、しゅうじさん」

修次と勘吉が顔を見合わせて微笑むのへ、咲は呆れた声を出した。

「やあ、じゃないよ。どうしたのさ?」

「どうしたもこうしたも……今の男は誰なんだ?」

「しゅうきちさん」

咲より先に勘吉が得意げに応える。

「しゅうきちさん?」

「勘吉、おうちへお戻り」

「おしごと?」

「そうそう、お仕事さ。だからあんたはおうちへ戻って——」

「わかった」

そう頷いたまではよかったが、くるりと踵を返すと勘吉は駆け出しながら声を上げる。

「おっかさん！　おさきさんにおきゃくさん！　しゅうじさん！」

「えっ？　今度は修次さん……？」

長屋の奥から路が問い返すのを聞きながら、咲は胸の内で苦虫を嚙み潰した。木戸から路と勘吉の家の間には藤次郎と由蔵の家がある。勘吉の声はこの二人にはもちろんのこと、その先のしまや福久の耳にも届いただろう。

「ちょっと、川の方へ行かないかい？」

「おう」

長屋で聞き耳を立てられるのは修次も避けたかったようである。素直に頷くと、咲がいざなうままに神田川へと足を向けた。

「……さっきのは秀吉さんっていって、小間物屋の人さ」

「ふうん、小間物屋のねぇ……」

訝しげに――いつにない嫉妬の色を見せた修次に、内心いささか驚きながら咲は付け足した。

「どうも、うちのお嫁さんに懸想してたみたいでさ」

「うん？」

　眉根を寄せた修次と、なんとはなしに柳原を東へ——稲荷神社の方へ——歩きながら、咲は秀吉が現れたいきさつを話した。

「なんだ。そうだったのか」

「なんだ、って何さ。あんたこそ何か急ぎの用事だったのかい？」

　近いうちに、とは言っていたが、まさか一刻ほどで顔を合わせるとは思わなかった。

「急ぎというほどじゃあねぇんだが……かつらさんが、巾着の意匠は桂花にしたいってからその言伝さ」

「桂花？」

「名は桂の木から取ったもんだが、まんま桂じゃ味気ないし、年寄り臭いってんでな」

「それだけをわざわざ伝えに寄ってくれたのかい？」

「早く知りたいだろうと思ってよ。どうせ帰り道だし……」

「ふうん」と、今度は咲が訝しむ。

　意匠が決まったのも、早速下描きに取りかかれるのも嬉しいが、己と話したがっていたかつらが言伝を託したというのがどうも腑に落ちない。

　だが、かつらにも帰り道といえないことはなくとも、七ツが鳴った後である。年頃の娘なれば帰りを急いだのやもしれない——などと咲が考えを巡らせていると、修次が更に付け足した。

「それにほら、牡丹さんの煙草入れのことも、ちと聞きてぇと思ってよ」

「ふうん……」

和泉橋を通り過ぎ、当然のごとく柳の合間にある稲荷神社への小道を折れると、修次が再び口を開いた。

「……かつらさんとはあすこの前に、三間町の小間物屋でたまたま会ったんだ」

「そうかい」

「かつらさんはよくあちこちの小間物屋を覗いて回っているそうで、俺も気晴らしに他の職人の小間物を見て回ってるって言ったら、ご一緒しましょうと誘われたのさ」

ようやく咲は、修次が本当はこのことを言いに寄ったのだと気付いた。己がすげなく帰ったと気にしていたのかと思うと何やら可笑しいが、年の功で顔には出さぬ。

稲荷神社にしろとましろの姿はなかった。

まだ帰っていないのか、それとももう「狐」に戻っちまったのか……

腰をかがめて鳥居をくぐると、賽銭を取り出す前に、咲は社の前の左右の神狐を交互に見つめた。

「——かつらさんには好いた男がいるそうだ」

「おや、そうなのかい？」

「ああ。だから男物の小間物についてあれこれ訊ねられたさ。小間物屋を訪ねて回ってんのもその男への贈り物を探してるからだとよ」

「なるほど。かつらさんは見込みなしと判じて、うちに来たってことか」

「見込みも何も、俺ぁ初めからその気はねぇや」

「お咲さんよ、俺は……」

からかった咲へ、臍を曲げたのか修次はぶっきらぼうに応える。

修次が言いかけたところへ、しろとましろの声がした。

「修次がいるぞ」

「咲もいるぞ」

振り向くと、双子が小道を連れ立って来るのが見えた。

「二人でお参りたぁ、どうしたい？」

「じきに六ツだってのに、どうしたこったい？」

鳥居の向こうに二人並んで、しろとましろは社の前にいる咲たちを見上げた。

「あんたたちこそ、その口の利き方はどうしたことさ？」

「真似(まね)っこ」

「修次の真似っこ」

口々に言うと、双子は顔を見合わせてくすくす笑う。

憮然(ぶぜん)とした修次の顔を見て、咲も思わずくすりとした。

「お前たちはどうしてここに？　お前たちだってもう家に帰る刻限だろう？」

気を取り直して修次が問うた。

咲も修次も、二人の正体はこの神社の神狐だと——社の前の二匹の神狐が二人の依代(よりしろ)だと——信じている。無論、証拠は何もないのだが、二人とのこれまでのかかわりから、しろとましろは二親から離れて暮らしているらしいとも推察していた。

稲荷大明神を祀(まつ)る稲荷神社の総本宮は京の伏見稲荷大社(ふしみいなりたいしゃ)である。双子の父母がどこにいるかは判らぬが、いくら「お遣い狐」とはいえ毎晩京まで帰っているとは思えない。

とすると、ここがこの子らの家の筈——

咲たちがしろとましろと二度目に会った日も、二人は夕刻にここに来た。

修次と並んでじっと双子を見下ろすと、しろとましろはちらちらと互いを見やって小声で応えた。

「お、お参り」

「う、うん。おいらたちもお参り」

「へぇ、お前たちもお参りかい。お参りを済ませたら家に帰んのか？」

一転してにやにやしながら修次は顎へ手をやったが、双子は今度は澄まして応えた。

「帰るさ」

「帰るよ」

「でもって、藪入りに本当のおうちに帰るんだ」

「おいらたちも藪入りにはおうちに帰るんだ」

「うん？　藪入り？」

小首をかしげた修次に、しろとましろは得意げに胸を張った。

「藪入りってのはなぁ、修次、奉公人が年に二度もらう休みのことさ」

「睦月と文月にもらう休みのことさ」

修次がきょとんとする横で、咲は噴き出しそうになるのを必死でこらえる。

「修次は知らないんだな」

「雇われじゃないから知らなかったんだな」

くくっと、顔を見合わせて双子は笑った。

「いかにも俺は雇われじゃあねぇが……そんなら、お前たちは実は奉公人なのかい？」

——いいから黙ってようぜ。古今東西、狐狸妖怪の類ってのは、正体がばれると去っちまうことが多いだろう？——

そう自ら言っていたくせに、好奇心を抑えられなくなったのか、冗談交じりに修次は問うた。

「うん、おいらたちは奉公人」

「実は、奉公人」

「へぇ……そんなら、奉公先はどこなんだい？」

さりげなく修次が問いを重ねると、しろとましろはさっと笑みを引っ込めた。

「秘密」

「秘密」

双子のみならず、修次までがしまったとばかりに口をつぐむ。

鳥居越しに、咲は腰をかがめてしろとましろへ微笑んだ。

「お遣いも秘密、奉公先も秘密ってんなら、あんたたちがお仕えしているのはきっとすごいお偉いさんなんだろうね」

努めてゆったりとして咲が言うと、双子は咲たちに背中を向けてしばしひそひそしてから振り向いた。

「うん、すごく偉い人」

「とってもとっても偉い人」

「そうかい。そんなお人に奉公してるんなら、あんたたちのご両親もさぞかし誇らしいことだろうよ。あんたたちが藪入りに帰ること、おっかさんやおとっつぁんは知ってんのかい？」

「知ってらぁ」

「たりめぇさ」

調子を取り戻して、二人は再び伝法な口を利いてふんぞり返った。

「藪入りのことを話したら、おっかさんが帰っておいでって言ったんでぃ」

「おうちに帰っておいでって言ったんでぃ」

「おとっつぁんも待ってるって言ったんでぃ」

「此度はおとっつぁんにも会えるんでぃ」

咲が知る限り、守り袋を作ってもらったり、抱っこしてもらったりと、双子は母親には時折会っている。だが、どうも父親には滅多に会わぬ——会えぬ——らしいと咲は推察した。

二人が藪入りに帰る「おうち」がどこなのか知りたかったが、修次の二の舞は演ずるまいと我慢する。

「そうだったのかい。おっかさんもおとっつぁんも、あんたたちの帰りをさぞ楽しみに待ってるだろうね」

「おいらだって楽しみさ」

「おいらもさ」

「だって藪入りだもん」

「年に二度の藪入りだもん」

にっこり微笑み合う二人を見ながら、咲は身体を起こして財布を取り出した。

「すぐに済ませちまうから、あんたたちはちょいとお待ち」

一文銭を賽銭箱に落とすと、手を合わせて駆け足で祈る。

いい藪入りになりますように――

それから四文銭を二枚取り出すと、一枚ずつ神狐の足元に置いた。傍らの修次も慌てて財布を取り出して、賽銭を落としてから手を合わせ、続けて四文銭を一枚ずつ咲が置いた銭に添える。

振り返ると、しろとましろが目を丸くして神狐の足元を見つめている。

「さ、修次さん、私らはもう帰ろう。しろにましろ、お参りを済ませたら、あんたたちも遅くならないうちに帰るんだよ」

修次を促しつつ双子にも声をかけると、双子はちらりと見交わしてから、目を細めて口々に言った。

「はぁい」

「はぁい」

小道を抜けて柳原を出ると、盆の窪に手をやって修次が小声で言った。

「助かったぜ、お咲さん」

「軽はずみなことするんじゃないよ」

「面目ねぇ。――ところでお咲さんは、今日は何をお願いしたんだ？」

「秘密だよ」と、咲は澄まし顔で双子を真似た。「あんたこそ、一体何をお願いしたのさ？」

「俺ぁ、あれだ」

「あれって何さ」

「帰って飯の支度をするのは億劫だから、柳川で済ましちまいてぇんだが、一人じゃどうも侘しいからよ。誰か夕餉を共にするお人を寄越して欲しいと……」

己を見つめて口角を上げた修次へ、咲は小さく噴き出した。

「信太を馳走してくれるんなら、お伴するよ」

「もちろんだ。信太でも天麩羅でも——ああでも、稲荷大明神さまのご利益だもんな。俺も今日は信太にすっか」

「好きにおし」

短く応えて、咲は蕎麦屋・柳川へと歩き出した。


続く翌日は七夕で、朝のうちに長屋では皆が一丸となって井戸を浚った。

七夕は盂蘭盆に備えた祓いの儀式でもあるがゆえに、願いごとを書いた短冊を清水に映すべく、笹を立てるよりも先に井戸浚いをするのが習わしなのだ。

石工の五郎、大工の辰治、瓦師の多平、左官の平八・平九郎親子に加えて料理人にして六尺近い大男の三吉と、藤次郎長屋には力持ちが多い。これら六人の男たちが息を合わせて瞬く間に引き上げる釣瓶から、紺屋の保と算盤師の藤次郎がこれまた阿吽の呼吸で水を捌いていく。

料理人の新助と妻の幸、しまが皆の分の朝餉を支度する傍ら、咲に福久、路、由蔵は、勘吉と賢吉の子守りをしながら笹を飾り付けた。

粗方水がなくなると、五郎が井戸の中に入ってごみを拾い、汚れを落としてぬめりを取った。石工の五郎は井戸掘りをしていたことがあり、七夕には近隣の長屋でも井戸職人として重宝されている。

井戸浚いを終えると、身が軽い辰治と多平が屋根に上がって、飾り付けた笹を高く掲げた。

「わぁっ！」

空に揺れる短冊と飾りを見て、勘吉が歓声を上げた。

「おいらのねがいごと、かなうかなぁ……」

「もちろん叶うわ」

路が太鼓判を押したのは、勘吉の願いごとが《けんきちがはやくおはなししますように》《けんきちがはやくあるけるようになりますように》《たまごをたくさんたべられますように》の三つだからだ。

「そうよ、叶うわよ」「うん、きっと叶うぞ」と、口々に言ったのは幸と由蔵で、この二人はおそらく近々卵を買って来て、こっそり路に渡すに違いない。賢吉が生まれてからまだ二月余りだが、一年も経てば話したり歩いたりするようになるだろう。

咲の願いごとは母親が生きていた頃からずっと、稲荷神社での祈願と同じく《みんなが達者で暮らせますように》だが、今年はもう一枚の短冊に昨日の祈願を付け足した。

《いい藪入りになりますように》

勘吉のはしゃぎっぷりに感化されたのか、どことなく浮き浮きとして咲は八ツ過ぎまで仕事に励んだ。

八ツの鐘を聞いてから、ふと思いついて太物屋に出かけることにした。

新居や祝言の支度に加えて、咲は祝い金と着物を太一と桂に贈るつもりだ。着物はとうに仕立ててしまったのだが、今になってやはり縫箔入りの何かを贈りたくなった。

かつらの注文ではないが、桂の名にちなんで桂花――金木犀(きんもくせい)――の巾着でもと考えたこともあったのだが、太一には断られていた。

――俺がちゃんと稼いでお桂に贈り物をしたいんだ。姉さんのじゃなくて、縫箔師お咲さんの巾着をさ――と、言うのである。

着物はもう縫っちまったけど、半襟ならどうだろう――

先月、能役者の許婚の歌(うた)に頼まれて作った松葉の半襟を思い出しつつ、咲は太物屋で手頃な布を探した。

半襟用の布の他、小間物に使えそうな布をいくつか買い求めると、外出のついでに萬作堂を覗いて行こうと永富町へと足を向ける。

萬作堂は間口三間と桝田屋より大きく、咲が思った通り、町娘やおかみたちでそこそこ賑わっていた。

「お咲さん、早速来てくだすったんですね」

「ちょいとついでがあったからね」

ちょうど手の空いた秀吉と言葉を交わし、咲は簪と櫛を見せてもらうことにした。

太一の祝言ばかり念頭にあったが、藪入りには雪も帰って来る。

睦月の藪入りは小正月の後ゆえ、年玉を兼ねて着物と小遣いを渡している。のちの藪入りには大抵小遣いのみで、此度もそうしようと思っていたが、何か目を引くものがあれば雪に持たせてやるのもいいだろう。

お兄ちゃんばかりと、拗ねられても困るからね……

内心苦笑してからまずは簪が入った引き出しを眺めていると、秀吉が入って来たばかりの客に声をかけた。

「いらっしゃいませ、かつらさん」

振り向くと楓屋のかつらが立っていて、咲を見つめて目を丸くする。

「お咲さん」

秀吉に応えるより先につぶやいたかつらへ、秀吉が微笑んだ。

「なんだ。お二人はお知り合いでしたか」

「ええ。……今度、お咲さんに巾着を作ってもらうことになったの」

「そうでしたか。それはお目が高いことで」

秀吉は更ににっこりしたが、かつらが返した笑みはぎこちない。

「秀吉さんも、お咲さんとお知り合いだったの？」

「つい昨日知り合ったばかりです」

ちらりと咲の顔を窺うように見て、秀吉は言った。

「縫箔師だと教えてもらって、おうちに伺って、いくつか巾着やら財布やらを見せていただいたんですよ。うちではちょっと手が出ないお品物ばかりでしたが、かつらさんにはきっとお似合いです」

簪も櫛もいくつか目を引いた物があったが、これとは決められなかった。

また今更ながら、姉からの簪や櫛などもう不要ではないかと思わぬでもない。

――雪ももう二十歳だもの。

簪や櫛なら小太郎さんからいただきそうだし……

「藪入りで帰って来る妹に何か贈りたいんだけど、どうしてなかなか決められないから、今日のところはお暇しますよ」

「よかったら、今度は妹さんといらしてください」

愛想良く応えた秀吉に見送られ、咲は萬作堂を後にした。

すると、半町もゆかぬうちにかつらが追って来た。

「お咲さん！　お待ちになって！」

注文の巾着のことだろうと思いきや、かつらはやや頬を膨らませて咲に問うた。

「どうして、秀吉さんに近付いたんですか？」

「どうしてって――」

「し、仕返しですか？」

「仕返し？」

思わぬ成り行きに、珍しく咲は絶句した。

◎

「だって、私が修次さんと一緒にいたから――」

勢い込んでかつらは言った。

「修次さんとは偶然、三間町の小間物屋でお会いしたんです。修次さんも小間物屋を見て回っていると言われたので、それなら戻り道中の小間物屋も一緒に覗いてみませんかとついお誘いしてしまいました」

「ええ、そうだったんですってね」

「小間物というと女物が多いけれど、私はただ、修次さんなら男物の小間物にもお詳しいだろうと思って、いろいろお訊きしたかったんです。その、男の人はどんな小間物がお好みなのか知りたくて」

「そう聞きました」

「だからって私、修次さんに気があるんじゃないんです」

「そうとも聞きました」

三度応えて、かつらはようやく落ち着きを取り戻したようだ。しばしきょとんとしたのちに、顔を赤らめて頭を下げた。

「どうやら……思い違いをしていたみたいで」

「そのようですね」

微苦笑を浮かべてから、咲は問うた。

「かつらさんは、秀吉さんを？」

「しっ！　やめてください、お咲さん。こんな往来で」

「ああ、ごめんなさい」

人気の少ないところを求めて、少し南へ西へと歩いて、かつらは竜閑橋の近くへ咲をいざなった。

「昨日のこと、修次さんからお聞きになったんですね？」

「ええ。修次さんは昨日、かつらさんの言伝を届けに長屋に寄ってくれたんです」

「秀吉さんのことも？」

「かつらさんには、誰か好いたお人がいるとしか……」

「あら」と、つぶやくように言ってから、かつらはぺこりと頭を下げた。「ごめんなさい。私、てっきりお咲さんが私への仕返しに、秀吉さんに粉をかけたのかと……」

何言ってんだい――

そう怒鳴りつけたいのをぐっとこらえて、咲は首を振った。

「とんでもない。秀吉さんがかつらさんの想い人だったなんて、私はつい先ほどまで露ほども知りませんでしたよ」

「ど、どうもとんだ早合点でした。秀吉さんがおうちに伺ったと聞いて、びっくりして頭に血が上ってしまったんです。だってお咲さんはお一人でしょう？　鉄漿をつけていらっしゃらないから……秀吉さんが独り身の女の人のところへ上がり込むなんて、まずないことだと……だからその」

「私が色仕掛けで誘い込んだってんですか？　確かに私は独り身ですが、小間物屋の若旦那なら、職人のもとへ直に買い付けに行くことがあるでしょうに」

流石に憮然とした咲を見て、かつらは再び頭を下げた。

「ごめんなさい。そうですよね。お咲さんは縫箔師なんですものね。でも……お咲さんのことを話した時、秀吉さん、なんだかいつもと違って見えたんです」

そりゃ、想い人の許婚が二股していると早合点したとは――ましてや、私に縁談をぶち壊してもらうべく、長屋を訪ねて行ったとは言えやしないさ――

胸中でそうつぶやいて、ようやく咲も気を取り直した。

「かつらさんは、よっぽど秀吉さんを好いていらっしゃるんですね」

咲が言うと、かつらは一層頬を染めながらもしっかり頷いた。

堀沿いで御城と御堀を眺める振りをしながら、咲はかつらの話に聞き入った。

楓屋は本銀町、萬作堂は永富町と、竜閑川を南北に挟んで三町ほどしか離れていないが、かつらが萬作堂を訪れたのは十五歳になってからだったという。

「うちも兄が生まれた頃は間口が三間で今の萬作堂と変わらなかったそうですが、父が店を大きくするにつれて、母は見栄っ張りになってしまって……」

ゆえに、幼い頃は小間物屋といえば、母親と一緒に十軒店から日本橋の店しか訪ねたことがなかった。年頃になり、友人同士や一人で出歩くようになってやっと竜閑川の北側——神田——へ頻繁に出かけるようになったのだ。

客商売だから愛想が良いのは当然としても、愛嬌に満ちた、老若男女に分け隔てない秀吉の振る舞いがかつらはすぐさま気に入った。

「それから萬作堂に通うようになりました。といっても、母が良い顔をしないので、月に二、三度のことですけれど。秀吉さんはいつも私の見立てを褒めてくれて——ああもちろん、今にして思えばお世辞半分で、私の自惚れに過ぎなかったのですが、あの頃は秀吉さんも、その、私に気があるように見えたんです。今少し私が大人に——十六、七になったら妻問いするつもりなんだろう、なんて……だって私、これでもいくつも縁談をいただいているんです」

「これでもなんて、かつらさんだったら縁談が百あったって驚きませんよ」

咲の言葉にかつらは苦笑を浮かべた。

「でも、秀吉さんの御眼鏡には適わなかったみたい。私ったら一人で舞い上がっていて、いつか秀吉さんのお嫁さんになった時にお役に立てるよう——それに、秀吉さんとたくさんお話ししたくて——あちこちの小間物屋を覗いて、良し悪しを話の種にしていました。でも結句、私は客の一人でしかなかったんです。しつこくしたつもりはないんですけれど、十六になる頃には秀吉さんはなんだかつれない素振りになってしまって……萬作堂には次から次へといろんな女の人が来るんだもの。秀吉さんは小間物だけじゃなくて、女の人にも『お目が高い』に違いないわ」

諦め切れずに、かつらは縁談を断る傍ら萬作堂に通い続けたものの、先だってとうとう、秀吉に意中の女がいたことを知った。

「お店の人がこっそり教えてくれたのです。どこの誰かまでは明かしてもらえませんでしたが、もう二年ほど想いを懸けていたそうです。秀吉さんは慎みある方ですから、お店を継ぐまでは妻問いは控えようと考えていたそうで、けれども先日、その女の人には許婚がいらしたと判って、諦めざるを得なかった、と」

此度は「そう聞きました」とは言い難く、咲は曖昧な笑みで誤魔化した。

「お咲さん……私ももう十八ですし、いっそ私の方からお誘いしてみようと思うのですけれど、やっぱり私にはもう望みはないでしょうか……？」

まっすぐ、真剣な眼差しでかつらは問うた。

「それは、私にはなんとも」と、咲は無難に応えた。

「付文に小間物を添えてお渡ししてみようかと考えているのです。それで何か粋な、でもあんまり高くない男物の小間物を探していたんです」

「……妙案ですけれど、秀吉さんは今はまだ傷心されているでしょうから、他の女の人にはすぐには目がいかないやもしれません」

「とはいえ、あまり長く待つのは得策ではないと、修次さんは言ってました」

「修次さんが？」

「ええ。傷心の折につけ込むのも一手だと。なんだか卑怯に聞こえますけれど、あんまり悠長にしていると、また誰かを好いたり、誰かに好かれたりするんじゃないかと、私、気が気じゃないんです。もう鳶に油揚げをさらわれるような思いはたくさんですわ」

秀吉は恋心を表に出さぬ奥手らしいし、愛嬌のある「若旦那」ゆえ岡惚れされることもなくはないだろうから、かつらの心配も判らぬでもない。

「まあ、かつらさんのような方からの贈り物なら、男の人は悪い気はしませんよ。初めのうちだって、秀吉さんはきっと満更でもなかったことでしょう。でも、かつらさんがあんまりお綺麗だから、気後れしてしまったんじゃないでしょうか？」

「——お咲さんもおんなじですか？」

「えっ？」

思わぬ問いに戸惑う咲の瞳を、かつらはじぃっと覗き込む。

「修次さんがあまり見ない美男だから、気後れされているんじゃありませんか？」

「そんなことありませんよ」と、咲は澄まして応えた。「男も女も顔じゃありませんから。かつらさんだってそうお思いでしょう?」

「では、姉さん女房になるのを気にしていらっしゃるとか……?」

「もうそんな歳じゃありません。姉さんと言っても一つしか違いませんし、そもそも私と修次さんはただの職人仲間です」

「……なかなか思うようにいきませんこと」

己の恋か咲と修次のことかは判らぬが、整った眉をひそめてかつらは溜息をついた。

「そういう時もありますよ」

男女の仲に関しては咲もそう詳しくないのだが、かつらよりはずっと年上だ。中年増としてそれらしく、もっともらしく咲は頷いた。

◎

「来たよ!」

「お嫁さんが来た!」

長屋の子供たちの歓声を聞き、咲は急いで腰を浮かせた。

開けっ放しだった戸口から出て、両親と兄夫婦に伴われた桂を迎える。

文月は十六日。待ちに待った太一と桂の祝言である。

「さ、どうぞ中へ……」

一昨日ようやく畳を張り替え、家の中は藺草の香りが清々しい。

簞笥や蠅帳を持ち込むのは明日にして、取り急ぎ桂が持参した嫁入り道具の夜具と行灯を端に寄せ、一階の四畳半に皆で集った。

一番奥は夫婦となる太一と桂、太一の右手に景三、藤次郎、咲に雪が、桂の左手に父親の豊五郎、兄の豊彦、母親のつみ、兄嫁のくにが座り、くにの膝にはまだ二歳の甥の豊太郎が乗っている。

庶民同士の祝言ゆえに、紋付や白無垢ではなく、太一は藍鉄色の、桂は暁鼠色の、だがどちらも下ろしたての着物を身につけている。

まだ七ツを過ぎたばかりだが、景三の差配で式三献を済ませると、後は無礼講にそれぞれ祝い膳に箸をつけた。

弟夫婦を始め、皆の顔に和やかな笑みがあるのを見て、咲はようやく一息ついた。

それとなくこちらを見やった雪と顔を見合わせて、改めて心からの笑みをこぼす。

——雪は約束通り、今朝は四ツ過ぎに長屋へ現れた。

名残惜しげな顔で雪を送り届けた小太郎を二人して見送ると、太一の家の掃除を済ませて、長屋の近くの蕎麦屋で三人で軽く昼餉を取った。昼からはまずは景三宅に食器を、それから三吉が勤める料亭・谷川に祝い膳の料理を取りに行った。

なんだかんだで七ツ近くまでばたばたしたものの、こうして無事祝言を迎えられたことは感慨深い。長らく三人きりだった咲たちに、血はつながらなくとも新たに親兄弟ができたのだ。

長屋の皆にも祝い酒や菓子を振る舞ってから、咲はそっと太一と桂に風呂敷包みを差し出した。

「これは私と雪からのお祝いだよ」

「私は風呂敷を買って来ただけで、あとは全部お姉ちゃんよ」

横からすかさず口を挟んだ雪に苦笑して、太一が包みを開く。

「あら、これは？」

祝い金と着物の間にあった半襟を手にとって、桂が顔をほころばせた。

「お義姉さん、ありがとうございます。こんなに粋で愛らしい半襟は、日本橋でだって買えないわ」

「ただのおまけだけどね。気に入ってもらえたのなら嬉しいよ」

七夕にふと思いついて作った半襟は、梟の意匠にした。

「不苦労」「福老」「福来郎」などの縁起の良い当て字がある梟は、夜も遠くまで見通せる目を持つことから「商売繁盛」、首がぐるりと回ることから「首が回らぬことがない」――金のやりくりに困ることがない――「金運」をもたらすともいわれている。

　祝言まで十日もなかったがゆえに、あまり手間暇かけられぬと、刺繍は背守りのごとく後ろに小さく入れるだけにした。

　箔はなく、一寸ほどの小さな刺繍のみだが、雄雌を区別するべく大きさと意匠を少しだけ変えた。色は以前縫った背守りや、しろとましろを思い出しながら、魔除け、厄除けになるよう祈りを込めて瑠璃紺にした。

「お桂さんには桂花の意匠にしようと思ったんだけど、ここはやっぱりお揃いの方がいいだろうって思い直してね。だって、どうしたって太一に桂花は似合わないもの」

「ふふ、字が同じだから桂花も好きですけれど、私の名は肉桂からつけられたものですから、梟の方が嬉しいです」

「えっ？　肉桂から？」と、太一が素っ頓狂な声を上げる。

「そうよ。名付けのお祖父ちゃんが肉桂が好きだったのよ。だからうちのお菓子には肉桂が入ったものがいくつかあるでしょう」

「そ、そうだったのか……」

桂の名に合わせて、ゆくゆくは桂花の巾着を注文しようとしていた太一であった。桂花にしなくてよかったよ……

太一も思いは同じなのか、こちらをちらりと見やった顔が咲には可笑しい。

桂花ほど知られていないが、肉桂の花も小さく可憐で、色が白い分、初々しい。

またいずれかの折に教えてやらねばと、咲はにんまりとしてみせた。

つみが首を伸ばして、桂の手元の半襟を覗き込んだ。

「大きい方が太一さん、小さい方がお桂ね」

「いいえ」と、応えたのは景三だ。「梟は大きい方が雌、小さい方が雄なんですよ」

「あら、そうなんですか？」

「はい」と、今度は太一が応える。「私は時に小心で、まだまだ至らないところがたくさんありますから、おおらかなお桂さんを頼りにしておりますよ」

「太一さんたら、大柄の間違いでしょう？　私、力仕事も得意だもの」

大柄というのは冗談で、桂は細身なのだが並の女より背が高く、太一と一寸余りしか違わない。

「こら」

からかう桂を苦笑と共にたしなめて、豊五郎が太一へ向き直った。

「太一さん。こちらこそ至らん娘だが一つよろしく頼みます」

「大切にいたします。お桂さんも、お義父さんたちとのご縁も」

しっかりお辞儀を返した太一に倣って、咲と雪も頭を下げる。

半刻ほど飲み食いしたのち、片付けは夫婦に任せて咲たちは長屋を後にした。

六ツが近い空は夕焼け色だ。秋らしく深まった橙色を横目に、藤次郎と雪と三人で平永町の長屋へ帰った。

「およめさん、きれいだった？」

「うん、とっても」

「おとっつぁんのごちそう、おいしかった？」

「もちろんよ。みんな『美味しい、美味しい』って喜んでたわ」

勘吉と雪のやり取りに目を細め、長屋の皆に問われるまま祝言の首尾を咲は話した。

夕餉が早く、酒を飲んだこともあって早めに夜具に入ったが、太一がいない分、藪入りの夜にしては家が広く感じる。

「ふふ、お姉ちゃん、寂しいんじゃない？」

「とんでもない。まずはでかいのが片付いてほっとしてるさ」

「うふふ、お桂さん、お義姉さんって呼んでくれたわね」

「そら、夫婦の杯を交わした後だからね」

「もう！　嬉しいくせに！」

薄闇に顔を見合わせて姉妹で微笑む。

「……なんだか、あっという間だったね」

「でも、いい祝言だったわ。お桂さんはお綺麗で、お兄ちゃんもいつもより大分ましだった。お桂さんのご両親もお兄さん夫婦も、みんないい人そうで安心したわ。甥っ子さんも可愛くて……お師匠さんも、思っていたよりずっと優しい人だった」

藪入りの後に幾度か太一を送りに景三宅に共に出向いたことはあったが、雪は近くに控えているだけで、景三と言葉を交わしたことがなかった。五十嵐の皆に関しては咲から話を聞いていたのみで、今日初めて顔を合わせたのだ。

「うん、みんないい人さ。本当にいいご縁だよ」

五十嵐の一家はもとより、十年余りも世話になった景三や、これから世話になる作兵衛長屋の面々を思い浮かべると思わず目が潤んだ。

「……お姉ちゃん、泣いてるの？」

「泣いてなんかいやしないよ」

「本当に？」

「本当さ」

「いいじゃないの、こんな時くらい泣いたって」

そう言った雪の方が声を震わせ、鼻をすする。

抱き締めるのは大げさな気がして、咲は夜具ごと雪に身を寄せた。

「うん、こんな時はいくら泣いたっていいんだよ」

己に言い聞かせるように咲が言うと、雪はまた一つ鼻をすすった。

「次はあんたの番だね、雪。あんたが嫁にいったら、きっとちっとは寂しくなるよ」

「私、お嫁にいっても藪入りには帰って来るわ」

「莫迦をお言い。嫁入りしたら藪入りなんてないさ。お嫁にいったら、小太郎さんがあんたの帰るところになるんだよ」

「でも、私は帰って来るもん」と、雪は一層声を震わせた。「お姉ちゃんはずっとお姉ちゃんだもん。他の誰でもない、私のお姉ちゃんだもん」

「ああもう、あんたはほんとに泣き虫なんだから――」

身体を起こして、雪のために手探りで手ぬぐいを探して渡すと、雪も身体を起こして受け取った。

「……私が泣き虫なのはお姉ちゃんのせいよ」

「なんだって？」

「お姉ちゃんがあんまり泣かないもんだから、私が代わりに泣いてあげてるの」

手ぬぐいで鼻をかんだ雪が、薄闇にくすりとしたのが判った。

母親が亡くなってから、咲は人前で泣かなくなった。人に——殊に弟妹には——弱いところを見せたくなかったのだ。

「莫迦莫迦しい。ほら、もう寝るよ」

雪を促して咲は再び——雪に背を向けて横になった。

つと目尻からこぼれた涙を、雪に悟られぬようそっと拭う。

雪も身体を横たえたのが判ったが、しばしの沈黙ののち、「ねぇ……」と、どちらからともなく口を開いた。

太一が奉公に出て、咲が雪を引き取った日のこと。

雪が奉公に出た日のこと。

咲が独り立ちして、二人が初めて藪入りで咲の家へ帰って来た日のこと。

太一の独り立ちに祝言を迎えた今日という日のこと。

これから迎えるだろう雪が嫁にいく日のこと……

夜具に包まり、時に笑い、時に喉を詰まらせながら、咲と雪はこれまでとこれからの日々を夜半まで語り合った。

❀

翌朝、いつも通りに雪を立花まで送って行き、女将の裕（ゆう）に挨拶をした。

年頃になってからは「もう子供じゃないんだから」と恥ずかしげだった雪だが、此度は何も言わず、むしろ名残惜しげに咲を見送る。

長屋へ戻ると二階へ上がり、昼餉もそこそこにかつらの巾着の縫箔に励んだ。

意匠はもう決まっている。十日前にかつらと萬作堂で会ってから数日後、咲はいくつか描いた桂花の意匠を携えて楓屋を訪ねていた。

かつらが選んだ意匠は、己のお気に入りと同じであった。嬉しい反面、のちに作るだろう桂の巾着のことを考えると少々残念に思っていたのだが、桂の名は肉桂由来だったと知って、今日はより軽やかに針を進めることができた。

皆とおやつを食べてしばらくしてから、咲は思い立って出かけることにした。

親子三人で昼寝をしている路たちを起こさぬように、抜き足差し足で木戸を出ると、永富町の萬作堂へと足を向ける。

「妹を連れて来たかったんだけど、昨日はずっと忙しくてね」

「弟さんの祝言じゃ仕方ありません」と、秀吉はにっこりした。

「でも贈り物の話をしたら、手持ちの櫛をねだられてさ。一つ減った分、私が気に入ったのを一つ買おうと思ってね。こないだ見せてもらった七草の櫛、まだあるかい？」

「ありますとも」

黄楊櫛で櫛の両面にわたって七草が彫られていた。簡素でも意匠と丁寧な彫りが目を引いたのだが、二十歳の雪には似合わぬとすぐに箱に戻した一品だ。

「嬉しいです。この櫛は私が仕入れた物でして……櫛師が気難しい方で、なかなかうんと言ってもらえなかったのですが、先だってようやく気が向いた折にうちと取引してくださることになりました」

「そりゃおめでとさん」

代金の一朱を払い、櫛を包んでもらう間に他の商品を眺めていると、暖簾をくぐってなんと修次が顔を覗かせた。

「お咲さん？」

目を丸くして、修次は咲と秀吉を交互に見やる。

「こちらは秀吉さん。この萬作堂の若旦那だよ。秀吉さん、この人は錺師の修次さん」

「錺師の……お噂はかねがねお聞きしております」

目を輝かせた秀吉に、合点したように修次はにこやかに微笑んだ。

「あんたが秀吉さんか。俺も秀吉さんの噂はかねがね聞いているよ」

「私の？」

「うん。三代目で町の者の信頼厚く、人当たりがよくて、見立ても確かだと」

「そ、そうですか。まだまだ至らぬ若輩者ですが」

「忙しいのに暇を見つけては、市中の小間物屋を覗いて回っているそうだな。気に入った職人には、自ら何度も足を運んで取引を持ちかけてるとか」

「はあ、それは、そうした方がよいと、とあるお客さまから勧められまして……うちはどんな方にも気軽に立ち寄ってもらえる店でありたいと思っております。ゆえにあまり高い物は置いていないのですが、探せば手の届く値段で良い物があるから、と」

とある客とはかつらさんに違いない——と、咲はぴんときた。

「そりゃ感心だ。客から勧められたからって、そうそうできることじゃねぇや。けれども、なんだかえらそうな客だな。若旦那に指図するたぁ、通ぶった婆ぁがやりそうだ」

「指図なんてとんでもない。通ではありますが、まだ私よりもお若い方です。流行りをよくご存じで、親身になってあれこれ教えてくださるので助かっております」

「ふうん」と、修次はにやりとした。「にやけたところを見ると、その客は若ぇだけじやねぇな。さぞかし見目好い女なんだろう？」

「に、にやけてなんか——見目好いというのは当たっておりますが」

「ほう、流石若旦那。もてるじゃねぇか」

「そんなんじゃありませんよ。その方は大店の娘さんで、月に二、三度、気まぐれにいらっしゃるだけなんです」

「何言ってんでぇ。若旦那に気があるからこそ、大店の娘が、言っちゃあなんだがこういう店に何度も顔を出してんだろうさ。若旦那だって満更でもねぇんだろう？」

焚きつけるように言った修次へ、秀吉は苦笑を浮かべた。

「ですから、違うんですよ、ただの気まぐれだと、その方のお母さまから伺いました」

「お母さまから？」と、思わず咲は口を挟んだ。

「ええ。大事な娘さんが川北のお猿にかまけていると案じなさったようで、年頃の娘が物珍しさから面白がっているだけだから、真面目に取り合わないようにと釘を刺されました」

「そりゃ一体、いつの話だい？」

「三年ほど前になります。娘さんはその頃まだ十五でしたし、そうでなくとも類稀なる佳人ですから、親御さんとしては、つまらぬ男がつまらぬ懸想を抱く前に止めたかったのでしょう。――ああ、その娘さんというのは、お咲さんもご存じの方ですよ。ほら、先日ここで鉢合わせたかつらさんです」

――修次と二人して早々に暇を告げ、萬作堂から東へたっぷり一町は離れてから咲は口を開いた。

「驚いたよ」

「俺もさ。まさかお咲さんちにいた小間物屋が、かつらさんの想い人だったとはな」

修次はかつらから想い人が「萬作堂の若旦那」だと打ち明けられていたのだが、名前は聞かず、また「内緒話」であったがために、咲には詳しく伝えなかったという。

「お咲さんちで見かけた時は、顔はよく見えなくてよ。かつらさん曰く、太閤さんに負けねぇ猿顔だってんで、お咲さんのお猿の守り袋を勧めておいたんだが、なるほど、ありゃ見事な猿顔だ。きっと太閤さんみてぇに大成すんぜ」

「笑いごとじゃないよ。秀吉さんがお桂さんに懸想するようになったのは、二年ほど前からさ。かつらさんの女の勘を信ずるなら、秀吉さんはかつらさんに気があったけど、かつらさんのおっかさんに釘を刺されて諦めたんだ」

――この子はいつも安物ばっかりで――

そうこぼしていた母親は、暗にかつらの萬作堂通いをたしなめていたのだろう。

「秀吉はかつらさんを諦めた後で、お桂さんに出会ったんだな。案外、お桂さんに惚れたのも、名がかつらさんを思い出させたからかもしれねぇぜ」

「うん。うちの嫁もまあ器量よしだけど、かつらさんとはてんで似ていないもの」

「……まったくあの若旦那ときたら、かつらさんの真面目な恋を『気まぐれ』だと思い込んでやがる」

「そうだねぇ。でも、秀吉さんみたいな人がかつらさんみたいな器量よしに言い寄られても、すぐには信じられないよ」

「そうらしいな」

　足を緩めて横から咲を覗き込むと、修次は苦笑を浮かべて続けた。

「見てくれが仇(あだ)になって困るとかつらさんは言ってたが、まったくもってその通り。こちとらは真面目に話してんのに、いつもはぐらかされちまう」

「あんたがかつらさんに同情するのは、判らないでもないけどね」

　こちらも苦笑を浮かべて、咲は「はぐらかした」。

「私が秀吉さんなら、どこか疑っちまうだろうね。そこらの女ならともかく、かつらさんみたいな佳人に岡惚れされるなんてまずないし、どうも自分とは不釣り合いじゃないかってね」

「不釣り合いだなんて……案外お似合いだと俺は」

「うん、あの二人は案外お似合いさ。二人とも、恋にうぶでおっちょこちょいなところもそっくりだ」

秀吉は咲を太一の女だと、かつらは咲が秀吉に粉をかけたと、それぞれ早合点した二人である。共に「付文に小間物」を想い人に贈ろうとしたところも同じだと、二人を思い出しながら咲はくすりとした。

「そんなら、かつらさんにも望みはあるんだな？」

「どうだろう？」

混ぜっ返すと、修次はやや膨れ面になる。

「じゃあ、どうしたらいいってんだ？」

「こればっかりはなんともいえないね」

今思えば、かつらが秀吉への想いを修次に明かした折に、修次も咲への想いをかつらに明かしたのではなかろうか。

——なかなか思うようにいきませんこと——

そうつぶやいたかつらを思い出し、かつらにそうしたように物知り顔で咲は応えた。

「男と女ってのはさ、離れるにしてもくっつくにしても、時がかかることもあれば、ひ

よんなことでみるみる始末がつくこともある。けど、何が功を奏するかなんて、神さま
でもなきゃしかとは判りゃしないよ」

「ちぇっ」

眉尻を下げて修次が舌打ちを漏らしたところへ、しろとましろの声がした。

「修次！」

「咲！」

駆け寄って来た双子を、咲は腰をかがめて迎えた。

「お帰り、しろにましろ」

双子は一瞬きょとんとしたが、すぐに口を揃えて言った。

「ただいま」

「ただいま、咲」

「おうちは楽しかったかい？」

「うん」と、これまた揃って大きく頷くと、続けて交互に口を開いた。

「おっかさん、いっぱいご馳走食べさせてくれたよ」

「おとっつぁん、いっぱい遊んでくれたよ」

「夜はみんなで眠った」

「久しぶりにみんな一緒に眠った」

「だって藪入りだもんね」

「年に二度の藪入りだもんね」

顔を見合わせてにっこりしてから、双子は咲を見上げて問うた。

「咲はどうだった？　いい藪入りだった？」

「いい祝言だった？」

「うん。いい藪入りで、いい祝言だったさ。祝言でご馳走をたらふく食べて、夜は妹とゆっくり過ごしたよ」

咲の応えに満足げに頷くと、しろとましろは今度は修次を見上げて問うた。

「修次はどうだった？」

「いい藪入りだった？」

「俺ぁ、まあいつも通りさ。親兄弟はもういねぇし、雇われでもねぇからよ」

にこやかに修次は応えたものの、双子ははっと顔をこわばらせた。

背中を向けて、互いに何やら耳打ちしつつ頷き合うと、二人して守り袋を探ったのちに、くるりと修次に向き直る。

「これで何か旨（うま）いもんでも食いねぇ」

「お稲荷さんか信太でも食いねぇ」

伝法に言いながら、双子はそれぞれ四文銭を二枚ずつ修次に差し出した。咲たちが置いていった銭か遣いの駄賃だろうが、合わせて十六文も寄越すとは気前がいい。

「ははは、そいつは受け取れねぇや。気持ちだけで充分だ」

修次は笑って応えたが、双子が困り顔のままなのを見て、咲は修次の手をつかんだ。

「いいじゃないのさ。もらっておやりよ」

修次の手のひらを半ば無理矢理押し開くと、しろとましろは口角を上げて銭を置く。

「けどよ……」

「せっかくだから、それで信太を食べに行かないかい？　しろにましろ、あんたたちも一緒にどうだい？　あんたたちには私が馳走しようじゃないの」

ぱっと顔を輝かせ、双子は二つ返事で頷いた。

「行く」

「一緒に行く」

「一緒に食べる」

「みんなで食べる」

歌うように口々に言うと、しろとましろは修次の返答を待たずに、さっさと柳川のある松枝町の方へ歩んで行く。

「修次さん、あんたはどうする？」

「そら、こいつを断る手はねぇや」

「なら急ごう。ぼやぼやしてると置いてかれちまう」

「おう」

頷く修次へ顎をしゃくって、咲は二つ並んだ背中を追った。

第二話　花梨が実る頃

目頭を揉んで、一息入れようと咲ははしごを下りた。

水で喉を潤して、冷や飯を少しつまむと、気晴らしを兼ねて神田明神まで出かけることにする。

勘吉を連れて出てもよいのだが、戸口からちらりと窺うと、勘吉と賢吉は仲良く眠っていて、咲に気付いた路が苦笑と共にそっと伸ばした人差し指を口に当てた。

葉月も四日目だった。曇り空ゆえに少し肌寒いが、雨の気配はない。

お参りを済ませて振り向くと、手水舎の向こうにさっと二つの影が動くのが見えた。

「しろにましろ」

咲が近付くと、かがんだ双子が立ち上がる。

「見つかった」

「見つかっちゃった」

「だって咲は親にらみ」

「本当は親にらみ」

親にらみというのは、後ろ頭に一つ目を持つ妖怪のことである。

「もう、修次さんだね。そんなことをあんたたちに吹き込んだのは」

以前からかわれたことを思い出しながら言うと、しろとましろは「ひひっ」と揃って笑って肩をすくめた。

「あんたたちもお参りかい？　それともお遣いかい？」

咲が問うと、双子は笑みを引っ込めて、顔を見合わせてから応えた。

「お参りでもあり、お遣いでもあり」

「お遣いでもあり、お参りでもある」

「ふうん……」

いつになく真面目な口ぶりが気になったが、努めて穏やかに咲は微笑んだ。

「お参りやお遣いの邪魔をする気はないけどさ、よかったらお団子でもどうだい？　馳走するよ。餡子でもみたらしでも」

大鳥居を出た少し先に、長屋の幸が勧める茶屋・麦屋がある。双子の好物の稲荷寿司はないものの、団子や饅頭は置いている。

団子と聞いて、一瞬にして双子は笑みを取り戻した。

「お団子食べる」

「おいらも食べる」

「おいらは餡子」

「おいらはみたらし」

「半分こ」

「半分こ」

　にこにことして二人で頷き合うも、咲と一緒に随神門の方へ足を向けた途端、慌てて互いの袖を引っ張りあった。

「お、お団子はまた今度」

「餡子もみたらしもまた今度」

「じゃあな、咲」

「またな、咲」

「えっ？」

　咲が驚き声を漏らす間に、双子は東側の石坂の方へと駈けて行く。

「なんだってのさ……」

　小首をかしげながら二人の背中を見送って、咲は一人で随神門へ向かったが、随神門をくぐってすぐに見覚えのある男児と出くわした。

「千太。千太じゃないかい？」

「あ、お咲さん……」

昨年の長月、小間物屋の店先で、咲が買おうとしていた簪をしろかましろのどちらかがかっさらって行った。通りで待ち合わせて逃げる双子を修次と共に追いかけるうちに、双子は千太に簪を与えて姿を消した。千太はその頃、姉の冴が吉原へ売られていく前に何か「きれいな物」を贈りたいと、小伝馬町の稲荷神社に祈願していたのだ。

「まあ、大きくなったもんだね」

「それほどでも」と、千太ははにかんだ。

千太は今年十歳だ。咲の方がまだ背丈は高いものの、昨年に比べたら二寸半は伸びている。

「修次さんに聞いたよ。櫛師に弟子入りしたんだってね」

冴を吉原へ見送ったのち、千太は修次の口利きで、修次と親しい喜兵衛という老爺の碁敵にして櫛師の家で働くようになったと聞いている。

「弟子じゃなくて家事手伝いの小僧です。ゆくゆくは弟子になりたいんですけれど、徳永さんは気難しい方なので、弟子にしてもらうにはしばらくかかりそうです」

ほんの一年ほどの間に、随分丁寧な口を利くようになったものである。

微笑ましいやら頼もしいやらで、咲は笑みをこぼした。

「はは、それも聞いたよ。櫛師のお爺さんは徳永さんっていうんだね。頑固者らしいけど、根はいい人なんだろう？　具合の良くないお婆さんを気遣って、あんたを雇い入れたそうじゃないの」

「ええ、その通りなんですが……」と、千太は言葉を濁して顔を曇らせた。

「その通りだけど、どうしたんだい？」

「その、お婆さんの――おむめさんの具合が悪いんです。それでおれ、帰る前に明神さまにお参りして行こうと……」

徳永の家は神田明神の北側にあり、千太は遣いに出た帰り道でむめの平復を祈りに寄ったらしい。

「そうかい。そりゃ心配だね」

「もう歳だから仕方ないって言うんですけど、まだまだ長生きして欲しいんです」

千太は母親を病で亡くしている。むめとは祖母と孫ほど歳が離れていると思われるが、身体を悪くしていても、この一年ほどはむめが千太の母親代わりだったのだろう。

「歳だからって……おむめさんはおいくつなのさ？」

「五十路です。おれよりちょうど四十歳年上だから」

「なんだ、じゃあまだいうほどお歳じゃないよ」

四十路を過ぎれば俗に「初老」ではあるが、一昔前と比べて還暦を迎える者は増えてきている。

そりゃ世間からしたら「お婆さん」だろうけど――

かろうじてとはいえ、昨年はまだ四十代だったむめを「婆さん」と呼んだ修次に、今更ながら少々腹が立った。

「うん、でもずっと疝気を患っていて、お薬は飲んでいるんだけど、お医者さんは薬が効かないようなら、あとはもう神仏に祈るしかないって……」

「そうかい……」

妻思いの徳永が頼んだ医者なら、藪ではあるまい。思ったよりもむめが重篤だと知って咲も気を沈ませた。

「あ、あのでも、姉ちゃんから文があったんです」

気を回したのだろう。声を明るくして千太が言った。

「お冴ちゃんから？」

「はい。もう三月ほど前に一度だけだけど、いろいろ習いごとをしながら、達者に暮らしている、と。おむめさんが仮名を教えてくれたから、おれ、仮名ならもう読めるんです。姉ちゃんの文は全部仮名だったから、おれにも読めたんです」

「そりゃすごい。よく覚えたね」

「えへへ。書くのはまだ下手だけど、ちょっとだけ返事も書いたよ」

ようやく子供らしい言葉遣いになって千太は言った。

「そうか、達者でいるんだね。そりゃよかった」

「お遣いの人が他にも教えてくれました。姉ちゃんは慎ましいから、姐さんたちにも可愛がられているって。吉原でもいい人はいるから案ずるな、って」

「へぇ、そんな遣いを寄越してくれるなんて驚きだよ。見世もお冴ちゃんもしっかりしている証だね」

冴はまだ十三歳だから、新造となって水揚げされるまで時がある。いずれは更なる苦界を知るとしても、この手の知らせは姉弟にとってせめてもの慰めだろう。

「おとっつぁんの方はどうだい？　藪入りには家に帰ったんだろう？」

何気ない問いのつもりだったが、千太は再び顔を曇らせた。

「……おとっつぁんはもういません」

「えっ？」

「年明けに――藪入り前に死んだんです。か、風邪をこじらせちゃって……」

半年余りも前のことである。

「そうだったのかい。悪いことを聞いちまったね」

千太は潤んだ目をさっと手で拭って、小さく首を振った。

「長屋の人が呼びに来てくれて、徳永さんがすぐに家に帰してくれました。だから、ちゃんとおとっつぁんを看取ることができたんだ。熱で苦しそうだったけど、最期は眠り込んで、明け方に息を引き取りました。少なくとも長いこと寝込まずに――ずっと苦しまなくて済んだって、長屋の人が……」

他に慰めようがなかったんだろうけど――

昨年から一年と経たずに、母親の死、姉の身売り、そして父親の死と立て続けに身内を失っていて、今また母親代わりのむめを病で失おうとしている千太には酷な言葉だ。

「……でも、おれ、おむめさんにはまだ生きていて欲しい。すごく……時々すごく痛そうにしていて、きっととってもつらいんだろうけど……でも、まだ一緒にいたいんだ」

「うん」

袖で目を拭った千太へ、咲は努めて明るく頷いた。

「そんならしっかりお参りしようじゃないの。まずはお薬が効くようにさ。ほら、行くよ。徳永さんちはすぐそこだろう？　だったら明神さまが守ってくれるさ。ええと、厄除けだと将門さまだね」

　神田明神には三柱の祭神が祀られている。大黒さまこと大己貴命、恵比寿さまこと少彦名命、将門さまこと平将門命で、それぞれ縁結び、商売繁盛、除災厄除の神だ。

「ああいや、大黒さまも恵比寿さまも医薬にかかわる神さまだ。三柱さまみんなにお願いしなくちゃね」

　付け足しながら、咲は千太を手水舎に促した。

　再び手水を済ませると、千太と共にむめの平癒をじっと祈る。

　もしかして、しろとましろは千太が来るのを知って——千太に会うのが気まずいから逃げ出したんじゃ……？

　己よりも長く、微動だにせずまだ祈っている千太を横目に咲は思った。

　咲と修次の推し当てが正しければ、しろとましろが「奉公」しているのは稲荷大明神だ。さすれば双子が昨年千太に簪を与えたのは、千太の「願い」を叶えるためで、二人の「仕事」か「遣い」であったと思われる。

——おいらたちはお見通し——

——時々、お見通し——

もしや双子は、此度は願いが叶えられぬと――むめが助からぬと――「見通して」千太を避けたのではないかと勘繰ってから、咲は首を振って打ち消した。

「つるかめつるかめ……」

「お咲さん？」

つぶやきを聞いて己を見上げた千太へ、咲は微笑んだ。

「私はついでに妻恋稲荷にもお参りして来るよ」

神田明神にほど近い妻恋稲荷には、当然だが稲荷明神が祀られている。

咲の言葉に、千太はやや明るさを取り戻した声で応えた。

「おれも。だって、妻恋稲荷の方が家に近いんだ」

「それもそうか」

神田明神のすぐ北側は武家屋敷が連なっている。徳永の家はその更に北の妻恋町にあるという。

私にできるのも、神仏に祈ることくらい――

「少し急ごうか？　徳永さんもおむめさんも、あんたの帰りを待ってるだろう」

「うん」

石坂を下り、武家屋敷を回るべく東から北へと道を進む。

ほんの五町ほどの道のりだが、道中のおしゃべりから千太が人並みに、幸せに暮らしているのが伝わった。

なれぱこそ、その幸せが奪われぬよう、咲は妻恋稲荷でも一心に祈った。

❀

六日後の葉月は十日の夕刻、咲は桝田屋を訪ねるべく日本橋へと向かった。

楓屋のかつらから頼まれた桂花の巾着と、亥年用の守り袋を納めるためだ。

桂花の巾着は、主に下半分に実物大の花と葉の縫箔を入れた。花は梔子色から蜜柑色、葉は萌葱色から苔色まで使って濃淡をつけ、花の外側に金箔を、葉の外側には銀箔をそれぞれ少しだけ用いて、秋の陽射しに輝く様子を表した。

此度守り袋を猪の意匠にしたのは、今年三歳、来年四歳となる子供なら、年始めの勘吉のように迷子になることもあるだろうと考えてのことだ。守り袋は見本に作った物を含めて、注文でなくともいくつか納めていて、どれも時をおかずして売れている。

桝田屋の暖簾をくぐると、美弥は十五、六歳と思しき少女の相手をしていたが、咲を認めてすぐに手招く。

「お理代さん、こちらは縫箔師のお咲さんです。よろしければ、品物をご覧になりませんか？」

理代が頷いたので、咲は上がりかまちで巾着と守り袋を披露した。

「まあ、この守り袋――」

理代は巾着よりも守り袋に先に興を示した。

「どうぞ、お手に取ってくださいな。巾着は注文ですが、守り袋はこれから店に出す品です」

守り袋はどことなく路たち母子三人を思い浮かべながら、表には並んで駆ける二匹の瓜坊（うりぼう）を、裏には二匹の瓜坊が大きな猪――母親――を挟んで眠る様子を縫い取った。

理代は美弥に勧められるまま守り袋を手に取り、注意深く裏表を眺めたのちにそっと戻した。

「見事な細工ですが、守り袋は結構です。私はもう子供ではありませんから」

微笑は浮かべているものの、愛想が良いとは言い難い。鼻筋の通った面立ちではあるが、きりっとした目元と薄い唇、まだ薄く細い身体つき、やや日に焼けた肌、そして化粧気のないところが、年頃の娘にしては理代を素っ気なく見せている。

利休鼠（りきゅうねず）色の袷（あわせ）に灰汁（あく）色の帯と、着物も年頃の娘らしくない。しかしどちらも仕立ては丁寧で、帯にはさりげない縞（しま）が入っている。簪と櫛は菊の意匠で揃えてあり、巾着や履物も皆どこか年寄り臭いが、高価な物であるのは見て取れた。

桝田屋の客なれば大店の娘であろうが、伴を連れていないとは珍しい。

「巾着も素晴らしいですけれど、何を買うかはまだ決めていないのです。もう少し他の小間物をゆっくり見て回ってから、これと思った物を手に入れたいの」

「お咲さんは巾着の他、財布や小間物入れ、半襟や帯も手がけていますから、もしも思い立った折にはお知らせくださいませ」

如才なく微笑んだ美弥の横で、咲も愛想良く会釈をこぼした。

理代は既に簪やら櫛やらは一通り見た後だったらしく、礼と暇を告げて、結句手ぶらで帰って行った。

美弥と一緒に理代を見送ると、ちょうど客が途切れたこともあって咲は言った。

「ああいう娘さんが一人で訪ねて来るなんて、珍しいですね」

「ええ。うちにいらしたのは初めてよ。幸町の福栄屋さんというと、確か油屋だったわね、志郎さん？」

理代は一見客で「幸町の福栄屋」の娘だと名乗ったらしい。

「そうです。お理代さんはいまや福栄屋の跡取りですよ」

「いまや？」

「福栄屋は先だって、旦那さんと若旦那さんを相次いで亡くしたので、急遽お理代さんに婿を取って店を継がせることにしたようです」

「そうだったの……」

志郎曰く、福栄屋には懇意にしている小間物屋が二、三軒あり、母親を始め、父親、兄、理代がこれまで桝田屋を訪れたことはないという。

「お理代さんには、これといった目当てはないみたい。ただ何か、自分の気に入った物を買いたいと……贈り物でもないそうだから、お父さんやお兄さんを亡くした寂しさを買い物で紛らわそうとしているのやもしれないわ」

「まだお若いのにしっかりしているのは、そういう訳だったんですね。お婿さんにはどちらの方をお迎えになるんですか？」

下世話な問いだと思ったが、しっかり者でも理代がまだ少女と呼ばれる歳なのが気になった。武家の男児は十五歳で元服するし、町娘でも十六、七歳なら嫁入り・婿取りは珍しくない。だが、十五歳では幾分早いように思えるし、見た目や受け応えがしっかりしているだけで、理代ならもしやもっと若いのではなかろうかと咲は案じた。

「そこまでは存じません」

慇懃に、だがまさに「下世話な」とでも言いたげな仏頂面で志郎は応えた。

「お理代さんがおいくつかはご存じ？」と、美弥。

「……十五歳だったかと思います」

今年十五歳なら亥年生まれだ。

だから守り袋が気になったのか――と、咲は内心合点した。

理代は二匹の瓜坊に、かつての兄と己を見ていたのやもしれない。

「お亡くなりになった若旦那さんは？」

「ちょうど二十歳だったかと」

「なら、お婿さんもそれくらいのお歳なんじゃないかしら？　おかみさんだって、まったくご商売を知らないということはないでしょう。番頭さん始め、奉公人は変わらないのだから、どなたかお理代さんにお似合いの若い人よ」

「はあ」

おざなりな相槌を打った志郎を、咲はからかった。

「若くてお似合いの、商売上手な手代さんやもしれませんよ？　お理代さんの方も、実は前々からにくからず想っていらした身近な殿方やも……」

「もう、お咲さん、からかわないで」

志郎より先に美弥が苦笑を漏らしたが、改めて志郎を見つめて付け足した。

「でも、もしもそうだとしたら、お理代さんも心強いし、福栄屋も安泰ね。ねぇ、志郎さん？」

理代に己を重ねるごとく問うた美弥へ、志郎は再び「はあ」と、だが此度はけしておざなりではなく、照れ臭そうに小声で応えた。

◎

帰りしな、通りすがりの松葉屋で修次に呼び止められた。

表のいつもの縁台で、にこにことして咲を手招く。

誘われるままに咲は給仕に茶を頼んで、修次の隣りに座り込んだ。

「こないだ、明神さままで千太に会ったんだけどさ」

「うん？　ああ、そうかい」

「奉公先のお婆さん——おむめさんは大分具合が悪いそうでさ。あと、おとっつぁんが春に亡くなったって聞いたよ」

「ああ、風邪をこじらせちまったようで……」

「知ってたのかい？」

「そら、おむめさんの旦那の徳永爺ぃは喜兵衛爺ぃの碁敵だからな。喜兵衛爺ぃから時折話を聞くし、俺もたまぁにだが顔を出してら」

「そうだったのかい」

「たりめぇだ。千太をあすこに世話したのは俺だぜ。徳永爺ぃとは知らねぇ仲じゃねぇとはいえ、人を一人預けるんだ。俺はいわば千太の請人さ」

修次がけしていい加減な男ではないと、咲は既に知っている。だが、千太は自分たちが知り合ったきっかけでもあり、己も多少なりとも関わった子供であった。

「なんで教えてくれなかったのさ？」

「訊かれなかったからさ。楽しい話でもねぇしなぁ……」

困った顔をして頰を搔く修次に、咲は口をつぐんだ。

気が利かないというよりも、気を利かせた末に黙っていたらしい。

そもそも修次の言う通り、話の種にも問わなかったのは己であった。気まずさを隠すべく茶を含みながら通りを見やると、少し先の南側の路地からしろとましろが通りに出て来た。

「しろ！　ましろ！」

咲の呼び声を聞きつけて双子はこちらを振り向いたものの、顔を見合わせてから、いつになく訝しげに近付いて来る。

さては己の気まずさが顔に出ているのかと、咲は半ば無理矢理口角を上げてみた。

「なんだよぅ、咲」

「なんなんだよぅ」

「なんだよぅ、とはご挨拶だな」と、修次も並んだ双子に笑いかける。「お前たちこそなんなんだ？　何かお咲さんに後ろめたいことでもあんのかい？」

「な、ないもん」

「なんにもないもん」

うろたえた二人を見て、修次は「ふうん……」と興味津々になった。

「俺たちゃ今、千太の話をしていたんだが、お前たち、千太を覚えてっか？　ほら、お前たちが盗んだ簪をやった餓鬼のことさ」

修次が問うと、しろとましろはますますしどろもどろになった。

「お、おいらたち此度は盗んでないもん」

「こ、此度はただ、逃げただけだもん」

やっぱりこの子らは、千太が来るのを知っていた――

「逃げた？　どういうことだ？」

問い詰める修次をそれとなく小突いて黙らせると、咲は殊更穏やかに、にこやかに修次の代わりに口を開いた。

「あんたたち、あの時、千太が来るのが見えたんだろう？　あんたたちは、いろいろお見通しなんだものね」

双子は一旦咲たちに背中を向けて、しばらくひそひそしたのちに振り返った。

「……その通り」

「咲の言う通り」

用心深く双子は応えた。白を切るより認めた方がよいと判じたらしい。

「おいらたちはお見通し」

「時々、お見通し」

「じゃあ、此度も千太のお願いごとはお見通しかい？」

己の推し当てを確かめるべく咲は更に問うてみたが、双子は困り顔になって目を泳がせた。

「お、教えない」

「な、内緒」

二人の様子から「お見通し」だと咲は踏んだ。だが、いくら稲荷大明神のお遣い狐でも、簪のごとく、命をあてがうことはできまい。

「……あんたたちも楽じゃないねぇ」

労(ねぎら)いを込めて咲がつぶやくと、双子は一瞬きょとんとしたのちに重々しく頷いた。

「うん、おいらたちも楽じゃないんだ」

「楽なことばかりじゃないんだよ」

「時々、骨折り」

「時々、気苦労」

「なるほどねぇ」

「でも、おいらたち悪さしないよ」

「もう二度と盗みも働かないよ」

「そりゃ感心だ」と、図らずも修次と台詞(せりふ)が揃った。

咲たちが互いを見やると、双子はようやく顔を和らげた。

「盗んじゃ駄目って、おいらたち知らなかったんだ」

「奉公したてだったから知らなかったんだ」

「けど、もう知ってる」

「だからもう盗まない」

「おいらたち他にもたくさん知ってるんだ」

「たくさん知ってるけど、知らないこともまだあるんだ」

「だから、おいらたちもっと学ぶんだ」

「いっぱい、いっぱい、学ぶんだ」

気をよくしたのか、誇らしげに口々に言う双子に、咲はちらりと修次と見交わしてから微笑んだ。

咲がしろとましろの依代がある稲荷神社を見つけたのは、ちょうど一年前の葉月だった。千太のために簪を盗んだのが稲荷大明神に「奉公したて」の頃ならば、あの稲荷神社の神狐が真新しいのも頷ける。

この子らがあすこに宿ったからこそ、私はあの神社に気付いたんだろう――

「奉公先がいろいろ教えてくれるのかい？」

奉公先と聞いて、双子は顔を見合わせた。

下手を打ったかと咲が悔やんだのも一瞬で、しろとましろはおずおずとしながらも口を開いた。

「秘密」

「奉公先のことは秘密」

「でも、おっかさんがいろいろ教えてくれる」

「おとっつぁんも時たま教えてくれる」

「よその奉公人も」

「町の人も」

「咲も教えてくれるじゃないか」

「修次も時たま教えてくれるじゃないか」

「うん？　俺は時たまか？」

修次が眉根（まゆね）を寄せたのへ、双子は「ひひっ」といたずらな笑みを漏らした。

「あんたたちもたまに教えてくれるじゃないのさ」と、咲も言った。「美味（おい）しいお稲荷さんのお店やら、怪しい人やらをさ……そういや、先月深川（ふかがわ）に行ったんだけど、あの屋台はお休みだったんだよ」

世間話のつもりだったが、しろとましろは再び笑みを引っ込めて、顔を見合わせてから頷き合った。

「……孫助（まごすけ）は病で寝込んでたんだ」

「だからしばらく働けなかった」

「でも治った」

「もう平気」

屋台主は孫助という名前らしい。平気、と言う割には二人とも浮かない顔をしているのが気になったが、咲はにっこりとしてみせた。

「そうだったのかい。もう治ったんならよかったよ」

「うん、よかった」

「治ってよかった」

咲に頷いてから、しろとましろは付け足した。

「咲だから教えたんだぞ」

「特別に教えたんだぞ」

「うん？　俺は？」と、修次。

「修次はおまけ」

「咲のおまけ」

「なんだと？」

修次が顔をしかめると、双子は愁眉(しゅうび)を開いて口角を上げた。

――なんともせわしいことで。

ころころ変わる双子の顔を見ながら、咲は苦笑せずにいられない。

「そ、そうだ、お前たち。腹が減ってないか？　柳川(やながわ)で信太(しのだ)でもどうだ？」

食べ物で釣ろうというのか修次が言ったが、双子は澄まして首を振る。

「今日は江平屋に行くんだよーだ」

「だから柳川には行かないよーだ」

「江平屋？」

信太を断るとは、さてはお遣いか……？

だが咲たちの期待をよそに、双子は得意げに声を弾ませた。

「江平屋は小伝馬町の豆腐屋さ」

「山川屋の弟の豆腐屋さ」

山川屋は浮世小路にある居酒屋で、油揚げと厚揚げは店主の弟夫婦の豆腐屋から仕入れていると聞いている。

「おっきいお揚げ」

「揚げたてのお揚げ」

忍び笑いを漏らしたところを見ると、お遣いではなさそうだ。

「ほんとにお前たちは物知りだなぁ」と、修次は双子を持ち上げた。「そんなら、信太の代わりにお揚げを馳走するから、俺とお咲さんを江平屋へ案内してくれよ」

修次が食い下がると、双子は互いを見やってからふんぞり返った。

「仕方ねぇなぁ。修次には世話になってっからよ」

「咲にも世話になってっからよ」

えらそうに言ってから、双子は修次に念を押した。

「ただのお揚げじゃないぞ？」

「おっきいお揚げだぞ？」

◎

かつらが長屋を訪ねて来たのは三日後の昼下がりだ。

「とっても気に入ったから、直にお礼が言いたくて……」

そうはにかんだかつらは、仕上げたばかりの桂花の巾着を提げている。

「結句、秀吉さんへの贈り物はお咲さんの守り袋にしました」

「まあ、ありがとう存じます」

「これに文を入れて渡そうと思います」

巾着からかつらが取り出したのは猿の意匠の守り袋で、しばらく前に咲が納めた物である。

「修次さんにお勧めされたんですけど、秀吉さんは申年生まれじゃありませんし、もういい大人ですから聞き流していたんです。でも、これを桝田屋で見せてもらった時ぴんときたんです。志郎さんも後押ししてくださって」

「志郎さんも？」

「ええ。小間物屋なら根付や財布、巾着なんかは己で見立てた物をもういくつか持ってるだろう。守り袋なら意表をつくに違いないし、お咲さんの守り袋は、見る目のある人ならきっと一つは手元に置いておきたくなるから、と」

あの志郎が恋の相談に応じている様を想像すると可笑しいが、「見る目のある」志郎の褒め言葉は胸に染み入る。

「帰りがけに、萬作堂に寄って行くつもりです」

「えっ？　じゃあ、これから想いを告げに？」

「ち、違います！　今日はただ、巾着を見せに行くだけです。付文なんて初めてだから、なかなか筆が進まなくて……できればあさっての、お月見の前にお渡ししたいのですけれど……」

もらうことはあっても、書くのは初めてに違いない。昨年、付文を書くのに四苦八苦していた小太郎を思い出しつつ、咲はかつらをからかった。

「あんまりぼやぼやしていると、鳶に油揚げ攫われちゃいますよ」

「もう、お咲さんたら」

しばしおしゃべりに興じたのち、咲はかつらに誘われ、萬作堂に行くことにした。

やりかけの仕事が気にかかったが、一人ではどうも心細いと言うかつらの気持ちも判らぬでもなく、また、己の巾着を秀吉がどう評するかも聞いてみたい。

幸い、萬作堂ではちょうど秀吉が店先で客を見送ったところだった。

秀吉はすぐさま咲たちに目を留めて、店の中へいざないながらかつらに話しかける。

「お咲さんの巾着ですね。よくお似合いです。桂の花や紅葉はもちろんですが、桂花もまたかつらさんを思わせる花ですから」

「そ、そうですか？」

「ええ。残念ながら市中じゃ桂の木はあまり見ませんが、桂花はこれからしばらく楽しめますね」

秀吉が無邪気ににっこりするのへ、かつらは頬を紅葉ならぬ高揚でほんのり染める。

「て、手絡と櫛を見せてもらおうかしら」

「手絡と櫛ですね。すぐにお持ちします」

こりゃ、案外すんなりまとまるかもしれないね――

話が弾むようなら己は早々に腰を上げようと、咲はかつらの隣りで秀吉が手絡と櫛の箱を持って来るのを待った。

と、おずおずと暖簾をくぐって千太が姿を現した。

「千太」

「あ、お咲さん」

気付いた秀吉が、櫛の入った箱を置いて千太を手招いた。

「千太、もしかして櫛を持って来てくれたのかい？」

「はい」

「お咲さんは千太をご存じだったんですね。ああ、だからあの櫛を――」

「あの櫛？」

問い返した咲へ、秀吉は先月咲が買った七草の櫛が徳永の作であることを明かした。

「気が向いた時、気晴らしに作る物だからと、銘は『一徳（いっとく）』としているそうです」

「そうだったんだね」

櫛の裏に「一徳」の銘が入っているのは認めていたが、徳永の別名とは知らなかった。

代金を払うべく千太を奥に上げることとしばし、秀吉は戻って来てかつらの前に仕入れたばかりの櫛を差し出した。

「よかった。一徳さんの櫛、かつらさんにお見せしたかったんです」

ちらりと見やった櫛には薔薇が彫り込まれており、華やかなかつらに似合いそうだ。

小声で二人に断ってから、咲は帰って行く千太を追って表へ出た。

「千太、お待ちよ」

振り向いた千太は、やはり沈んだ顔をしている。

「その……あれからおむめさんはどうだい？」

「……よくありません。あれからしばらくしてすごく悪くなって、それからずっと寝たきりなんです。も、もう長くはないって、お医者さんが……」

「そうかい……」

「ここの小間物屋で、おれ、姉ちゃんに櫛を買ったんです」

袖口を目にやってから、気を取り直したように千太が言った。

冴が吉原に売られる前に、千太は黄楊櫛を贈っていた。荒削りの安物だが、千太が姉のためになけなしの金をはたいて買った「きれいな物」だ。

「お代が少し足りなかったのに、秀吉さんがおまけしてくれたんです。だから此度、徳永さんが取引にうんと言ってくれてよかった」

秀吉の熱意に加えて、その人柄を千太から聞いていたからこそ、徳永は取引に応じたのだろう。

「おれもいつか一人前の櫛師になって、萬作堂におれの櫛を置いてもらうんだ」

「そのためにはしっかり修業するんだよ」

「うん。まだまだ弟子にはしてもらえないだろうけど、暇があったら仕事ぶりを見ておけって、喜兵衛さんと修次さんから言われてます」

「そうさ。弟子になったって、なんでもかんでも教えてくれやしないよ。盗みはご法度だけど、師匠の技を盗むのは修業の内さ」

千太が頷いた矢先、通りの向こうから咲を呼ぶ声がした。

声の主は理代で、足早にこちらに向かって来る。

「じゃあ、おれはもう行くね」

気を利かせて千太は小声で告げて、理代とは反対側に駆けて行った。

「お理代さん、奇遇ですね」

「お咲さん——今の子供は?」

やって来た理代は、挨拶もそこそこに咲に問うた。

「ああ、あの子はちょっとした知り合いで——」

「お知り合い? どこに住んでいるのかご存じですか?」

咲を遮って、勢い込んで理代は問うた。

面食らった咲を見て、理代はすぐに思い直したようだ。

「すみません。あの子の筈がないのに、つい」

「あの子といいますと？」

束の間理代は迷い顔になったが、躊躇いつつも打ち明けた。

「……あの子というのは弟です」

「弟さん――」

「といっても腹違いで、三年前に行方知れずになりまして……いくらなんでも、三年前と同じ背丈ということはないですわね」

十五歳とは思えぬ大人びた微苦笑を浮かべた理代が、咲にはなんともやるせない。

「弟さんは、三年前からずっと行方が判らないのですね？」

不躾ではあったが、問われることを理代も望んでいるように感じた。

店先ではなんですから……と辺りを窺った理代を、咲は先だってかつらがそうしたように竜閑橋の方へいざなった。

「弟の名は祥太といいまして、母親のお寿々さんと一緒にある日突然いなくなったのです。おそらく私の母と兄に追い出されたのですが……」

「追い出された？」

「母と兄は、ずっと祥太とお寿々さんを疎んでいましたから」

祥太は理代より二歳年下で、今年十三歳だそうである。寿々は元吉原遊女で、祥太が生まれる二年ほど前に、理代の父親が請け出して上野に囲った。

「祥太は乳離れしてすぐ、二つの時にうちが引き取りました」

四歳だった理代は弟として、理代の祖母は孫として祥太を喜んで迎えたが、母親は無論、既に物心ついていた兄もよく思っていなかった。

「兄は私より五歳年上でしたから、母の嫉妬や苦悩を知っていて、祥太を可愛がる気になれなかったようです。でも私は違いました。跡取りの兄は、父母はもちろん、奉公人からもちやほやされていましたが、女の私は幼い頃から祖母の手にゆだねられ、父母からも兄からも構ってもらうことがありませんでした。母や兄の手前、父も家の中で祥太を可愛がることはできず、結句、私たちは二人とも祖母の子守りで仲良く育ちました」

理代が猪の守り袋に見たのは兄や母親ではなく、祥太と祖母だったのだ。

やがて理代と祥太は、祖母を通じて寿々の存在を知った。祖母は常々、父母や兄、奉公人たちからないがしろにされている二人に同情しており、理代たちはやがて祖母の助けを借りて、寿々の住む上野の妾宅へ遊びに行くようになったという。

「お寿々さんが祥太の母親のみならず、父の妾だと知っても、私はお寿々さんを疎む気持ちにはなれませんでした。お寿々さんは私にも分け隔てなく、実の母よりも母親らしく慈しんでくださいました」

しかし三年前、福栄屋ではまず祖母が卒中で亡くなり、続けて父親もやはり卒中で倒れた。父親は持ち直したものの寝たきりとなり、兄が十七歳にして店主となった。

父親は身体は利かなくなったが、頭はしっかりしていた。若輩者だった兄は店のことは父親の采配を重んじたが、家のことは主となった己が決めるとして、祥太を寿々のもとへ帰し、理代に二人と会うことを禁じた。

祥太は当時十歳で今の千太と同い年だった。遠目で横顔のみしか見えなかったが、千太の背格好や顔立ちが祥太によく似ていたと理代は言った。

「母や兄の見張りのもと、私は家で大人しくしている外ありませんでした。一月ほどして、なんとか家の者の目を盗んで妾宅に行ってみると、お寿々さんも祥太もいなくなっていました。近所や番屋で問うてみましたが、みんな二人は急にいなくなり、行き先は知らない、と。みんなの話では、二人はどうやら着の身着のままか、ほんの僅かな物を持ち出したのみだろうと……」

というのも、二人がいなくなってすぐ古道具屋が訪れて、家財があらかた引き取られたのを近隣の者が見ていたらしい。

「番頭が教えてくれたのですが、妾宅のことは全(すべ)て兄と母が差配し、番頭も始末を知らなかったそうです」

一人になっても理代は機会あらば、二人を探し続けてきた。

そんな折、皐月(さつき)に父親が再び卒中に見舞われて息を引き取った。

「父を追うように、水無月(みなづき)には兄が突然、癪(しゃく)で亡くなりました。兄が死して、全てが一変しました。福栄屋の跡継ぎはお前しかいないと、母が私にすり寄ってきたのです」

「なんとまあ」

咲は呆(あき)れたが、そんな母親でも理代の実母なれば悪口は控えた。

「いっそ祥太を呼び戻してはどうかと、私は母に言いました。腹違いでも祥太は父の血を引いておりますし、若くとも男が跡継ぎの方が何かと都合が良いと思うのです。祥太なら、いずれは自分の好いた人と一緒になれるのではないかとも……番頭を始め、ほとんどの奉公人は同意してくれたのですが、母には一蹴(いっしゅう)されてしまいました。母にとっては、祥太は血のつながりのない赤の他人ですから」

番頭は兄が店主として振る舞っていた三年のうちに、父親や兄、母親とそりが合わなくなったようで、今は理代への同情を隠さぬらしい。

「また、いくら店の者の後押しがあっても、肝心の祥太が行方知れずでは話になりません。ならば、奉公人の誰かを私の婿にどうかという話も出たのですが、それも母が許しませんでした。奉公人に店を牛耳られるのは、我慢ならないと言うのです」

「では、一体お母さまはどうなさるおつもりで？」

「母方にうだつが上がらない独り身の従兄弟がいるのですが、母はその人を私の婿に取るつもりです。その人なら母の言いなりにできるからです。私にはどうしようもありません。家を出たところで行くあてもありませんし、家もお金もない小娘の行く末なんてしれています」

そう言って、諦めたように理代は薄く笑んだ。

大人びていても、まだ十五歳である。

理代とて「いずれは自分の好いた人と」一緒になりたかったことだろう。

「桝田屋のお客さまに、昔、吉原にいらした方がいます。その方は他にも似たような身の上の方をご存じのようでした。その方にお寿々さんのことを訊ねてみるのはどうでしょう？」

酒問屋のおかみ・輝のことである。輝はかつて吉原で昼三だったと、以前、白萩の意匠の櫛入れを作った際に美弥が教えてくれた。

「そんな方が……?」

ようやく少しばかり明るさを取り戻した目で、理代はすがるように咲を見つめた。

◎

「お婿さんにっていう従兄弟が、深川の中山屋って飯屋の次男坊だそうです」

「……そいつなら、『坊』って歳じゃないですよ」

横でじっと聞いていた志郎が眉をひそめて口を挟んだ。長らく深川住まいだった志郎は、中山屋もその次男も見知っているらしい。

朝の五ツが過ぎたばかりの、桝田屋の座敷である。理代への同情から、つい輝のことを口にしてしまった咲は、一夜明けてすぐに桝田屋へやって来たのだ。

「名前は知りませんが、おそらく私より少し年上で、いわゆる冷や飯食いです」

「志郎さんよりも年上……」

美弥がつぶやくのへ、咲も呆然とした。「うだつが上がらない」とは聞いていたものの、三十路前後の——理代の倍ほども歳の離れた男とは思わなかったのだ。

中山屋はそう高くも有名でもないが、富岡八幡宮や永代寺が近いため繁盛しているそうである。

「本来なら婿取りする福栄屋が結納金を払うところですが、中山屋がぼんくらな次男をこれ幸いと厄介払いするつもりだったのを知って、お理代さんはせめてものあがきとして中山屋からの結納金を求めたそうです。そして、それをそっくり自分に寄越すようお母さんに談判しました」

——叶わぬのなら、床入りの前に従兄弟を殺して私も死ぬと、母を脅しました——

強い意思をあらわにして理代は言った。

母親もその覚悟を見て取ったのだろう。また、己の意向を店の者に示すために、早々に結納金を中山屋に納めさせた。

「祝言は十三夜なのでまだ一月ほどありますが、お理代さんはそれまでに結納金を使い切るつもりで、あちこちの小間物屋を覗いて回っていたって言うんです」

——自棄になっているのですよ。小娘の悪あがきです。これまで母には我儘一つ言わずにきたのですから、跡取りとしてこれくらいのことは許してもらいます——

自嘲と共にそう言った理代が思い出された。

——もしも、祥太の行方を探すのにお咲さんやお美弥さんが手助けしてくださるのなら、私、桝田屋を通して帯を注文いたします。意匠は花梨の実などどうでしょう？　花梨はもうじき実がなる頃だもの——

そうも理代は言ったものの、美弥に告げるつもりはなかった。輝のことは善意からの提案で、礼を求めてのことではないと理代にもその場で断っている。

——美弥も輝も理代に大いに同情したようで、美弥は輝に、輝は吉原に通ずる者にすぐさま話をつないでくれた。

志郎が長屋を訪ねて来たのは三日後の朝だった。

「昨晩、お輝さんが店にいらっしゃいまして……お寿々さんは、もうお亡くなりになっていたそうです」

輝が伝え聞いたところによると、寿々は妾宅を追われて仕方なく、やはり元吉原遊女だった知人を頼り、浅草の九尺二間に引っ越したらしい。寿々は茶汲み女をしながら内職にも励んで祥太と細々と暮らしていたが、それも一年ほどで、風邪をこじらせて亡くなったという。

「祥太さんの奉公先を探すべく大家が尽力してくれたそうですが、女郎の子供ということで何軒も渋られ、結句、お寿々さんがかつていた妓楼が引き取ったとのことでした」

「祥太さんは、今も妓楼に？」

「そのようです。——どうしますか？　お咲さんがいらっしゃるようなら、お輝さんが切手を手配りしてくださるそうですが……」

常から足抜け――遊女の出奔――に目を光らせている吉原では、殊に女の出入りに厳しい。大門切手は引手茶屋が出している道中手形のようなもので、女は大門を出入りする際にこの切手を見せて、己が遊女ではない証を立てねばならなかった。

「その、私が出向くこともできなくはないのですが、店がありますので、どうも都合が悪く……」

朴念仁の志郎とて、花街をまったく知らぬことはない筈だ。志郎なら浮気の心配もいらぬだろうが、美弥一筋で、日中働いている志郎に夜見世に行ってくれとは頼み難い。

志郎から一通り話を聞くと、咲は昼を待たずに幸町の福栄屋に向かった。

幸町は日本橋から南東へまっすぐ四半里余り、道のりにすると半里近く離れている。

理代は寿々の訃報を聞いて眉根を寄せたが、祥太の行方が判ったことは喜んだ。

理代としばし話し合ったのち、咲は桝田屋に寄って輝への言伝と切手の手配を頼み、更に修次に案内を頼むべく新銀町に立ち寄った。

吉原に連れて行ってくれ、などとは長屋の男たちには頼みにくい上、福栄屋の事情が皆に筒抜けになってしまう。

「それに、修次さんの方が、こういったことには向いてると思うからさ」

「向いているかどうかはしらねぇが——」と、修次は苦笑を浮かべた。「他ならぬお咲さんの頼みだからな。切手が届いたら呼んでくれ。なるたけ早い方がいいだろう」

「ありがとさん。恩に着るよ」

「おう。お安い御用だ」

素直に礼を口にした咲へ、修次は嬉しげににっこりとした。

◎

咲たちが大門をくぐったのは更に三日後の、葉月は二十日のことだった。

理代はもちろん、咲も初めて訪れる吉原である。

大門の手前で九ツを聞き、昼見世が始まったばかりであった。通りには男たちに交じってちらほらと女の姿もあるのだが、おそらく三味線の師匠や髪結など吉原で仕事をしている者たちで、見物客は無きに等しい。

興を覚えぬといえば真っ赤な嘘だ。見世の女たちの様子は多分に気になったものの、女の己が面白がるような真似はできぬと、咲はうつむき加減に静かに歩いた。隣りの理代も思いは同じらしく、二人して無言で足元を見ながら修次の後に続く。

祥太を引き取った妓楼は「尾張屋」といい、吉原の格式の中では上から二番目の「半籬」であった。半籬は中見世とも交見世とも呼ばれ、一晩三分の呼出から二朱の部屋持が入り混じっている。

修次に案内されて尾張屋へ着くと、これまた修次が見世先にいた下婢に話しかけた。一度中に引っ込んだ下婢はすぐに戻って来て、咲たちを見世の奥へいざなった。

開け放した座敷で待っていたのは四十路より幾分若い、身体つきにも目つきにも貫禄が窺える女だった。

「私は遣手の園。あなた方は祥太に会いに来たんですってね？」

「はい」と、修次より先に理代が応えた。「私は理代と申します。祥太の姉です。この三年ほどずっと祥太を探してきたんです。どうか……祥太に会わせてください」

声を震わせ頼み込む理代へ、微かに眉をひそめて園は言った。

「祥太は亡くなりましたよ。水無月の終わりに」

「えっ？」

理代だけでなく、咲と修次も驚きが思わず声に出た。

「み、水無月に？」

「ええ、ご愁傷さまです。――ああ、お前、ちょっとこっちへおいで」

通りがかりの者を園が手招いた。

振り向くと、なんと千太の姉の冴と目が合う。

「お冴ちゃん」

「お咲さん！　修次さんも——」

「おや、お冴、この人たちを知ってんのかい？」と、園。

「はい」と、冴が大きく頷いた。「あの袱紗(ふくさ)と簪をくださった方々です。縫箔師のお咲さんと錺師(かざりし)の修次さん」

「ああ、あの……とすると、お前はよくよくこの人たちにご縁があるんだね。この人らは、今日は祥太を訪ねて来たんだよ」

「祥太さんを……？」

「この娘さんはお理代さん。祥太のお姉さんだそうだ。祥太がどうして亡くなったのか、お前の口から話しなさい」

園に命じられて、冴はおずおずと座敷に足を踏み入れ、咲たちの前に座った。

理代の前で深く頭を下げてから、冴は口を開いた。

「祥太さんは二月(ふたつき)前に、私を庇(かば)って亡くなりました」

冴は禿(かむろ)として姐(あね)女郎の世話をする傍ら、いずれ振袖新造(ふりそでしんぞう)となるべく手習いや芸事を学んでいる。一方、祥太は中郎(ちゅうろう)——掃除や遣いなどの雑事を担う者——として働いていたそうである。

水無月の終わり、冴は姐女郎から万屋(よろずや)への遣いを頼まれた。やはり遣いを頼まれた祥太と連れ立って出かけた帰り道、二人はよその妓楼の刃傷沙汰(にんじようざた)に巻き込まれた。悲鳴を上げながら表へ走り出て来た女郎の後ろを、女郎に袖にされた男が出刃を持って追いかけて来たのである。周りの者と一緒になって冴と祥太が蜘蛛(くも)の子を散らすごとく逃げる中、女郎は冴を捕まえて盾にしようとした。

男がなりふり構わず、冴もろとも女郎に切りつけようとした矢先、束の間離れ離れになっていた祥太が飛び出して来た。

「祥太さんは持っていた風呂敷(ふろしき)包みを男の腕に叩(たた)きつけて、一度は出刃をそらしました。でも……」

男は更に逆上して、再び出刃を振り上げた。

――この野郎！　邪魔するな！――

――やめてくれ！――

祥太が冴を庇い、覆いかぶさるようにして向けた背中へ、男は出刃を突き立てた。

追って出て来た妓楼の者が男を取り押さえ、祥太に血止めを施したが、傷は深く、祥太は四半刻(しはんとき)と持たなかった。

「……お理代さんのことは、祥太さんから聞いていました」

同い年だからか、はたまた恋心か、二人は互いを気にかけていたらしい。祥太が迷わず出刃の前に飛び出したのも、冴を想っていればこそだろう。十二、三歳とはいえ男と女であるゆえに、表立って「仲良く」する訳にはいかなかったが、二人は時折、こっそり互いの身の上を聞いたり話したりしていたという。

「私にも弟がおりまして……母は昨年亡くなっていて、春先には父も亡くなったと長屋の人がついでの折に知らせてくれました。私が中へきた後に弟が奉公に出ていたことも、私はその時に知りました。一人となった弟を案じていたところ、祥太さんが同情してくださって……」

ちらりと園を窺い見て、冴は躊躇いつつ続けた。

「ほ、本当はいけないことなのですけれど、皐月にこっそり、他の用事のついでに弟に文を届けてくださいました。ちょうど家にいた弟と少し話ができたそうで、奉公先での様子をいろいろ伝えてくれました」

唇を嚙(か)み締めたまま、理代はただ冴の話を聞いている。

「お理代さん、そのお冴ちゃんの弟が、先だってお理代さんが祥太さんと見間違えになった子供です」

「……あの子が？」

絞り出すように問うた理代へ、咲は頷いた。

「あの子の名は千太といいます」

「どういうことですか？」

横から問うた園へは、理代が応えた。

「この間、お咲さんがとある小間物屋の店先で話していた子供が、祥太に似ていたんです。三年前の祥太に……」

此度の吉原行きに至ったいきさつを理代が話すと、園は目元を緩めて言った。

「ふうん、それはますます面白いご縁ですね。あなたもご存じの通り、お寿々の子だというんで祥太はうちが引き取りました。祥太はあの年頃にしてはしっかり者で、うちじゃ重宝してましたよ。——お冴、私が許すから、ここでしばし祥太のことを、お理代さんに話しておあげ」

祥太が千太に教えた通り、苦界の中にも情がなくもないらしい。

気を利かせた園が座敷を立ってから、冴は祥太のことを話した。

浅草での長屋暮らしはけして悪くはなかったようだ。長屋の者は祥太たち親子に温かく、寿々の仕事の世話や看病、亡くなった後の野辺送り、祥太の奉公先探しなど、大家と共に助けてくれたそうである。

「長屋にいた時、幾度か福栄屋へお理代さんに会いに行こうとしたことがあったそうです。ですが、お理代さんに迷惑がかかるからと、お母さまにきつく止められていたと聞きました。ましてや今は郭で働く身だから、とても合わせる顔がないと……」

「そうね……あの子はそうやって、気を回すのが上手な子でした……母や兄、父にまでいつも遠慮して……」

「でも、お理代さんのことはいつも気にかけていました。私が尾張屋にきた時も、なんだかお理代さんを思い出したと言っていました」

「そんな……全然似ていないのに」

理代が微苦笑を浮かべたのはもっともで、向かい合った二人はさほど似ておらず、顔立ちだけならどちらかというと冴の方が整っている。だが身体つきはそう変わらぬし、背丈も一寸ほど理代が高いのみだ。祥太が理代と別れたのは三年前だが、冴と出会ったのは昨年だから、共に十二歳だった冴と理代が重なって見えたのやもしれなかった。

「私も、祥太さんが千太に似ているとは思いませんでしたが、言われてみれば、耳と鼻の形が似ていたような……ほんの一年前のことなのに、なんだかもう何年もここにいるような気がして、よく思い出せない時があるんです。袱紗を毎日眺めているからかもしれません。袱紗の中の千太はもっと小さいから、時々、千太がもう十だって忘れてしまいそうになるんです。祥太さんのお話だと、背丈も少しは伸びたみたいですが」

別れ際を思い出したのか、冴は声を震わせた。

理代に問われて、冴は昨年咲たちと出会ったいきさつと、吉原に持参した袱紗と簪のことを話した。

見てみたい、と理代にねだられて、冴は袱紗を取りに行った。

袱紗を開いて、冴は簪を手に取った。

「こうやって、ここに簪を置くと、千太が燕を眺めているように見えるんです」

修次の簪は木蓮の合間を飛ぶ燕の意匠で、咲は袱紗に木蓮の一部が簪とぴったり重なるように刺繡していた。

袱紗の童子にそっと触れて、理代が嗚咽を漏らした。

寿々や祥太の死を聞いても気丈に泣き顔を見せなかった理代の両目から、みるみる涙が溢れ出す。

「祥太も昔、こういう紺の弁慶縞の着物を持っていました。春になるとこうやって、よく燕を追いかけていた……巣があったのはお寿々さんちの二軒隣りだったのだけど、燕は毎年決まった家に帰って来る、かしこくて縁起のいい鳥だとお寿々さんから教わったから、『おっかさんの家にも巣をかけてくれ』と、燕が庭に遊びに来る度にお願いしていたの。まだあの子がこの子のように幼かった頃――」

袖で顔を覆いながら、理代はひとしきり泣きじゃくった。

◎

遠出に加えて祥太の訃報がこたえたのだろう。泣き腫らした目をして疲れ切った理代は、両国広小路で駕籠を拾って帰って行った。

冴との再会は嬉しかったが、それだけだ。祥太という友や弟を亡くした少女たちの胸中を思うと咲も胸が締め付けられる。

修次も同様なのだろう。いつになく、黙りこくって咲たちは柳原を西へ歩いた。

おそらく八ツ半ほどと、まだ早い刻限だった。

新シ橋を過ぎた辺りで修次が言った。

「あいつらのところでお参りしてくか？」

「そうだね」

咲が頷いた矢先、和泉橋の方からしろとましろが姿を現した。

「おっ、噂をすりゃあ――」

修次がおどけたのも束の間、双子は硬い顔をしてまっしぐらに駆けて来る。

「咲！」

「修次！」

「修次！」

「咲！」

口々に呼びながら二町ほどの道のりを瞬く間に近付いて来た双子を、咲は膝を折って迎えた。

「どうしたんだい、あんたたち？」

息を切らせてやって来た割には、双子は眉尻を下げて返答をしばし躊躇った。

「……大変なんだ」と、向かって左のおそらくしろが言った。

「……千太が泣いてるんだ」と、向かって右のおそらくましろが言った。

「千太が？」

声を揃えた咲たちへ、しろとましろは小さく頷いた。

「本当はいけないんだけど、咲たちには教えてあげる」

「本当は秘密なんだけど、特別に教えてあげる」

「だって、おいらたちなんにもできないんだ」

「人の生き死にはどうしようもないんだよ」

唇を嚙み、双子も今にも泣き出しそうだ。

人の生き死に——

はっとして咲は修次と顔を見合わせた。

「……教えてくれてありがとう」

うつむいた双子の頭を撫でてから、咲は修次を促して足を速めた。

和泉橋から神田川を渡り、御成街道を越えて妻恋町の徳永宅へと一路向かう。

はたして、徳永の家では千太が泣いていた。

むめが息を引き取ったのだ。

声を殺して、だが溢れくる涙は止められずに、千太は続けざまに顔を拭う。

「お咲さん、どうしてここに……？」

「修次さんとちょうど千太の話になってさ。少し顔を見て行こうかと思ったのさ」

しろとましろから教えてもらったことは「秘密」である。

吉原で冴と再会したことも、今は言わぬ方がよいだろうと、咲はそれとない応えを返した。

徳永と挨拶を交わし、修次が徳永にお悔やみを伝えるのを聞きながら、咲は千太に寄り添った。

かける言葉は思い当たらなかった。

どんな言葉も今は慰めにはならぬ。

父母を亡くした時の弟妹（ていまい）を思い出しながら、咲は亡骸（なきがら）を見つめて涙する千太の手にそっと触れた。

むめを見つめたまま千太はすがるように咲の手を握り返し、新たな嗚咽を漏らして突っ伏した。

◎

理代からなんの音沙汰（おとさた）もないまま七日が過ぎた。

――改めてお礼に伺います――

両国広小路で理代はそう言って駕籠で帰って行った。

帯の注文はともかくとして、いずれは顔を出すに違いない。だが、しっかり者の理代とはいえ、祥太の死を受け入れるには今しばらく時がかかることだろう。

桝田屋からもこのところ注文はなく、咲は牡丹（ぼたん）の煙草（タバコ）入れを手がける合間に、気晴らしを兼ねて花梨の意匠の半襟を縫い始めた。

理代が言った通り、花梨はそろそろ実が熟す頃である。しかし、咲が縫っているのは黄金色に色付いた実ではなく、夏に咲く桃色の可憐で初々しい花の方だ。花よりも、薬や滋養になる実を意匠に望んだのは理代らしいが、理代にはまだ年相応の娘らしさを失わずにいて欲しいという己の勝手な願望がある。

理代や冴、千太ほどではなくとも、祥太に続きむめの死を知った咲の胸にはやるせない思いが満ちていた。「なんにもできない」と言ったしろとましろの言葉が身に染みる一方で、何かせずにはいられずに咲はその日のうちに針を取った。

大した慰めにはならないだろうけど――

それどころか喪に服すべき身には似つかわしくないと突っ返されるやもしれなかったが、己は縫箔師であり、縫いものの他さして取り柄がない。

路と共に勘吉が賢吉をあやす声が聞こえてきて、咲は思わず笑みを漏らした。

この七日間は、勘吉や賢吉の笑い声や笑顔がいつにも増して愛おしかった。

あんたたちはつつがなく、ずっと達者でいておくれ……

冴と千太、理代と祥太、そしてしろとましろへ思いを馳せつつ胸中でつぶやくと、次の瞬間、勘吉の呼び声がした。

「おさきさん！　おきゃくさん！」

「はいはい」

針を置いてはしごを下りると、戸口から志郎が顔を覗(のぞ)かせた。

「お理代さんをご案内して参りました」

「まあ、ありがとうございます」

先日納めた猪の守り袋も売れたそうで、代金を差し出したのち、新たに二つ守り袋を頼んで、志郎は早々に帰って行った。

残された理代が、咲の向かいで居住まいを正して頭を下げた。

「先日はみっともないところをお見せしてしまいました」

「いいえ。改めてお悔やみ申し上げます」

吉原行きの礼を丁寧に述べる理代は、吹っ切れた、前にも増して凛(りん)とした顔つきをしている。

「それで、今日はまたお願いに上がったのですけれど……帯の注文をしばらくお待ちいただけないでしょうか？」

「ああ、いいんですよ」と、咲は微笑んだ。「前にもお伝えしましたが、注文を見込んで世話を焼いたんじゃないんです。そもそも橋渡しやら、切手やらを手配りしてくださったのは、お美弥さんやお輝さんですからね」

「いいえ、お咲さんにも大変お世話になりました。また、あの袱紗を見て、ますますお咲さんの作る物が――福栄屋の跡継ぎにふさわしい帯が欲しくなりました。ただ、此度の結納金の使い道はもう他に決めてしまったのです」

「御眼鏡に適った物があってようございました。差し支えなければ、何をお求めになったのか教えていただけませんか?」

嫌みや妬みではなく、純粋に好奇心から咲は問うた。

「物ではないのです」

微笑と共に、はきとして理代は応えた。

「お咲さん、私はお冴を請け出すことにいたしました」

「まあ」

啞然とした咲に、理代は昨日までのどたばたを語った。

咲たちに別れを告げて、両国広小路から幸町まで駕籠に揺られている間に、理代は冴を尾張屋から――吉原から請け出すことに決めたという。

福栄屋へ戻ってすぐ、理代は泣き腫らした顔を洗って引き締めた。身なりを整えると、己を案ずる母親をよそに番頭と主だった手代を呼び出した。

「私が福栄屋を継ぐと告げました。中山屋のぼんくらではなく、祖父と父の血を引くこの私が」

　江戸の油問屋は十組問屋に属しているのだが、主だった商品である大坂からの「下り油」は油仲買や他の商人でも扱うことができる。理代の祖父は一油売りから、仲買を経て独自のつてを築き、油屋・福栄屋を興したのだった。

「祖父は私が三つにもならぬうちに亡くなりましたが、祖母は福栄屋を大事にしていました。ですから、祖母への恩返しを兼ねて、これからは私が福栄屋をもり立てていこうと思います。これもまた兄に嫌われていた事由なのですが、私は幼い頃から算術が得意で、祖母曰く、顔立ちも祖父に似ているそうです。お年寄りに似ているなんて、今までちっとも嬉しくなかったけれど、おかげで番頭を説き伏せることができたのですから、祖父母には感謝しております」

　番頭は祖父と父親、兄と三代の店主に仕えてきた古参で、中山屋の次男や母親よりも、理代の方が商才があると踏んだらしい。

「番頭はその昔、行くあてのない子供だった時分に、祖父に拾われたそうです。代替わりしてからというもの、兄が父より母の――祖父とは他人の言いなりになっているのを見てきて、我慢がならなかったと……それで他の奉公人共々、私に力を貸すと約束してくれました」

番頭は輝の夫――酒問屋の主――を見知っていたそうで、理代は輝のつてを通して身請けの話をつけに番頭と再び尾張屋を訪ねた。

「それで、お冴ちゃんを……」

「はい。朔日(ついたち)に改めて迎えにゆくことになりました」

「でもじゃあ、お理代さんはやはり中山屋のご次男と祝言を……？」

番頭や奉公人をすっかり味方につけたのなら、母親の決めた男を婿取りせずともよかろう。だが、冴を請け出すために理代は中山屋の結納金を使うことにしたようだ。

小さく、溜息(ためいき)交じりに頷いてから、理代は微苦笑を浮かべて見せた。

「……こんなことを言うのは、温情をかけてくださった尾張屋に悪いのですけれど、一刻も早くお冴を苦界から出してやりたかったのです。そのためには中山屋からのまとまったお金が入用でした。お恥ずかしいことですが、母と兄がこの三年ほどで大分蓄えを使ってしまったようなんです。けれども、そんな母でも私の実の親には違いありませんし、中山屋は大層繁盛しておりますから縁を結んでおいて損はないと判じたのです」

とはいえ、どちらかというと好かぬ、しかも倍ほども歳の違う男と一緒になるというのは、咲にはやはりやり切れぬものがあったが、理代が己で決めたことである。

憂える思いを察したのか、理代は更に付け足した。

「お咲さん。私は十五の小娘ですが、まったくの子供じゃありません。お美弥さんからお聞きしましたよ。お咲さんだって、私と変わらぬ年頃でお母さまを亡くして、妹さんを奉公先に引き取って、男の人ばかりの仕事場で修業されたとか」

「……ええ」

そうだ。

私もまったくの子供じゃなかった……

「我儘なのは判っているんです。恩着せがましい、おこがましいことだとも……私はあの子たちを憐れんでいます。だって、私は家の者からないがしろにされてきただけで、お冴や千太のような苦労はしてきませんでした。食べ物にも着る物にも困ったことがないので、この歳まで働いたことがありません」

だから、親の決めた男と一緒になることなぞなんでもないのだ――とでも言いたげに理代は続けた。

「千太は祥太じゃありません。でも、千太には祥太の代わりに達者で――仕合わせでいて欲しいんです。祥太が命懸けで守ったお冴も、祥太の代わりに仕合わせになって欲しい……」

憐れみだろうが、祥太の代わりだろうが、冴の身請けは冴と千太のみならず、理代の救いにもなるのだろう。

「我儘なんて……」と、咲も苦笑を理代に返した。「私がしゃしゃり出て言うことでもないですけれど、お理代さん、どうかあの子たちをよろしくお願いします」

「あ、嫌だわ。おやめになって」

深く頭を下げた咲へ、理代は慌てて声をかけた。

顔を上げた咲を見つめているのは、十五歳にして姉や親代わり、そして女将を志す強い決意を宿した瞳だった。

「お約束します。お冴と千太には、私ができる限りのことをいたします」

「頼もしいことです」

「商売をしっかり学んで、一日も早く一人前の女将になって、お咲さんに帯を注文いたしますから」

「それは楽しみですが、帯のことは本当にいいんですよ」

「いいえ、私がそうしたいんです。私は約束を守りたい……」

帯よりも、冴や千太への「約束」を確かめるごとく、理代は言った。

「でも、それだけじゃありません。この着物、祖母の残した物なんです。跡継ぎにふさわしい身なりをするよう母に言われたのですが、母の着物はどうも私の好みではなく」

歳の割に地味な着物は祖母の形見だったのかと、咲は合点した。

「物は良いですし、私はこれまで着物に頓着なかったのです。けれども、女将となればはったりも入用になります。縫箔入りの帯なら、祖母の着物にもめりはりがつくでしょうし……ううん」

小さく首を振って、理代は年頃のいたずらな顔を覗かせた。

「私ったら、口実ばかりくどくどと――悪い癖ですわね。本当はただ綺麗な物が欲しいのです。守り袋や巾着よりも、どうせならそこらの人には手が届かないだろう、高価で二つとない縫箔入りの帯を手に入れて、一人悦に入りたいの。これから身を粉にして、奉公人のために」――冴や千太のためにも――「店に尽くすのだから、一人前の女将になった暁には、一つくらい贅沢してもいいと思うんです」

もともと結納金を使い切って憂さを晴らし、手に入れた気に入りの物を拠り所にしようとしていた理代である。冴と千太という「拠り所」を得た今、己の帯が理代の次なる励みになるのなら、咲にとっても喜ばしい。

「そうですね。福栄屋の女将なら、一つくらい贅沢してもよろしいかと」

ふふっと、少女らしい笑みをこぼした理代へ、つい咲は付け足した。

「お理代さん。もしも、またいつか泣きたくなったら――そうじゃなくても――いつでも訪ねておいでなさいな」

——好きなだけ泣いて気を晴らすといいよ——

以前、赤子や夫のことで思い詰めていた長屋の幸を、三人の息子と夫に先立たれたまさがそう慰めたことがあった。

うまく言えただろうか……？

老婆心とはまた違う。

誰かが誰かを慈しむ心や、誰かが誰かから受け取った慰めや労り(いたわ)は、老若男女にかかわらず、ただ紡がれてゆくものなのだ。

「はい。また折をみて息抜きに参ります」

穏やかな目をして頷く理代に、咲は安堵(あんど)と共に微笑んだ。

◎

冴と千太が訪ねて来たのは、長月(ながつき)は二日目の昼下がりだった。

案内役は修次で、冴が福栄屋から徳永宅まで千太を送って行く道中だという。二人は初めから合間に咲と修次を訪ねるつもりで、先に新銀町の修次の長屋に寄ったのだ。

「いやはや、めでてぇな」

酒は入っていないようだが、修次はいつにも増して上機嫌だ。

冴は葉月末日まで尾張屋で過ごし、長月朔日に請け出されて福栄屋へ移った。

朝のうちに理代と番頭に伴われて福栄屋に着いた冴を待っていたのは、弟の千太であった。千太は引き続き徳永のもとで暮らすのだが、昨日は冴のために理代が徳永に断って、福栄屋で一晩過ごしたという。

「父の死に目には会えませんでしたし、あの長屋にはもう帰れないけれど、新しい家ができました。千太にも……お理代さんは、千太が望むなら福栄屋に引き取ると申し出てくださったのですが、千太は徳永さんと暮らしたい、と」

「だっておれ、なんとしてでも、徳永さんの弟子になりたいんだ」と、千太。「おめさんにも後を頼まれたし、もう銘も決めてるんだ」

「気が早いね。なんて銘にするんだい？」

「千徳ってんだ。おれの名と徳永さんの名を一文字ずつ取って」

「一徳に千徳か。うん、いいじゃないか」

「へへ、まだずっと先のことだけどね」

姉と一緒だからか、今日の千太は先日よりやや幼く、年相応に見える。

――弟子なんざいらん。お前の役目はもう終わった。とっとと油屋へゆけ――

理代が訪れた後、徳永はそう言い捨てたそうだが、無論ただの強がりだ。

もともとは身体を悪くしたむめのために千太は雇われたのだが、むめ同様、徳永も千太に情があることは、喜兵衛や修次はもちろんのこと、一度しか徳永と顔を合わせていない咲の目にも明らかだった。

「私は、まずは家のことを覚えます」と、冴。

理代は冴を「妹分」として迎えたつもりであったが、母親は大いに不満らしく、また冴もそれはおこがましいと、当面は「奉公人」で落ち着いたらしい。

「ゆくゆくはお店のことも学んで、お理代さんの役に立ちたいです。お理代さんと祥太さんから受けたご恩はとても返しきれないものですけれど、精一杯奉公して、少しずつでもお返ししないと……」

祥太は命を、理代は苦界から救ってくれた恩人である。そうおいそれと「妹分」に収まることはできぬだろうが、弟妹を持つ――弟妹がいたからこそ、くじけずに励んでこられた咲としては、いずれ冴が理代を女将ではなく「姉」として慕ってくれぬかと願うばかりだ。

ちょうど一昨日縫い上げたばかりの半襟を、咲は冴に託すことにした。

鴇色から桃花色、牡丹色などを使った五枚の花びらを持つ花と、若芽色や萌黄色を使った大きめの葉をいくつか縫い取ってある。

「これは桃……？　でもこの葉っぱは——」

「花梨の花だよ」

「花梨？」と、首を傾げて千太が問うた。

「花の梨と書いて花梨という名の木があるんだよ。秋から冬にかけて——ちょうど今頃、こういうふっくらした大きな実をつけるのだけど、そのままでは食べられないから、市中ではあまり見ないかもしれないね」

両手で実の大きさを表しながら咲が応えると、今度は冴が小声で問うた。

「お理代さんの注文ですか？」

「ううん。お理代さんは花梨の実を意匠にした帯をご所望なんだけど、注文は一人前の女将になってからって言うからさ。これはいわば力付けさ。あの歳で、ましてや女の身で大店を担っていこうってのは見上げた心意気だからね」

「本当に」

頷いた冴の目から涙が溢れた。

「姉ちゃん、どうしたの？」

慌てた千太へ、冴は袖口で涙を拭ってから微笑んだ。

「よかった。やっぱりお理代さんも覚えていたんだわ」

「もしかして、祥太さんから何か聞いたのかい？」

閃いて問うた咲へ、冴は再び頷いた。

「昨年の神無月に私や姐さんが風邪を引いた時、祥太さんがお園さんに断って、どこからか花梨の実を買って来て、お砂糖を入れた煮汁を作ってくれました。上野に住んでいた頃、庭に花梨の木があったそうで、今時分に祥太さんやお理代さんが風邪を引いた時には、お寿々さんが花梨とお砂糖の煮汁を作ってくれた、と。少し飲んだだけで喉の痛みが治まってびっくりしました」

花梨の実とは珍しい注文だと思っていたが、理代には——祥太にも——妾宅での想い出の果実だったのだ。

「あの頃はまだ祥太さんのことをよく知らなかったけれど、花梨の煮汁がきっかけとなって、よく話すようになったんです。花梨が木瓜という生薬にもなると教えてくれたのも祥太さんです。お寿々さんが簪代わりに花梨の花をお理代さんの髪に挿してあげたこととか、八つの時に一人で実を取ろうとした祥太さんが、木から落ちて怪我をして、お理代さんとお寿々さんを泣かせてしまったこととか、二人がいつかお寿々さんと一緒に、花梨のお酒を飲む日を楽しみにしていたこととか……」

――姉と別れてからもう随分経つから、花梨どころか、私のことも姉は忘れてしまったかもしれないな――

「そんなことはないって、私、言ったんです。だって私は『姉』だから……私は千太のことを、一日たりとも忘れたことはなかったもの」

「お理代さんも、祥太さんを忘れたことなんてなかったさ」

「ええ。私、お寿々さんや祥太さんの分もお理代さんを大切にします。お寿々さんや祥太さんの分も、お理代さんには仕合わせになって欲しい……」

「おれも」と、千太。「おれもお理代さんには仕合わせになって欲しい。姉ちゃんの恩人はおれの恩人だもの。姉ちゃんと決めたんだ。おれは今はただの小僧だけど、いつか一人前の櫛師になったら、ちょっとずつでもお理代さんに姉ちゃんの借金を返していくよ。ああでもその前に、徳永さんに恩返ししなくちゃなんだけど」

「その心がけやよし、だけどね」

微苦笑と共に咲は言った。

「お金よりも、あんたたちが達者でいることが一番の恩返しさ。ねぇ、修次さん？」

「そうともさ。恩返しもいいが、徳永爺ぃのためにも、お理代さんのためにも、お前たちは達者でいろよ」

もっともらしく修次が言うと、冴と千太は顔を見合わせてから、しろとましろのごとく声を合わせた。

「はい」

「はぁい」

二人は徳永宅へ向かう前に、神田明神と妻恋稲荷にお参りして行くという。

「じゃあ、明神さままでは私も一緒に行こうかね」

咲が言うと、修次も当然のごとくついて来る。

平癒祈願は叶わなかったが、平素から妻恋稲荷と神田明神に親しんでいたむめから千太はお礼参りを頼まれたという。

「おむめさんの具合が悪くなって、おれはつい恨みがましいことを言っちゃって、おむめさんに叱られちゃった。神さまを恨むなんてとんでもない、よーく、何度でもお礼参りをしておくれって頼まれたんだ。明神さまにはずっとお世話になったからって……」

咲を見上げて千太は続けた。

「おむめさんも、今までたくさんお願いごとをしてきたんだって」

——叶ったお願いもあれば、叶わなかったものもあった。神さまにも都合があるからね。なんでもかんでも叶えてはくれないよ。でもね、最後のお願いは叶えてもらえそうだよ。悪いことばかり続いたけれど、もうじききっといいことがあるからね――

「夢に、お遣い狐と大黒さまが現れて約束してくれたんだって」

「お遣い狐？」と、思わず修次と声を合わせて問い返す。

「うん。真っ白で熊ほども大きいお狐さまと、同じくらい大きい大黒さまが仲良く歩いていらしたから、必死で呼び止めてお願いしたって言ってた」

熊ほども大きいとあらば、しろやましろではないだろう――と、咲と修次は目で頷き合った。

咲と修次を交互に見やって、千太は目を潤ませながらも微笑んだ。

「ただの夢だろうと思ってたよ。おむめさんは結句亡くなったから、『最後のお願い』は叶わなかったんだって思ってた。でもね、もしかしたらおむめさんは最後に、おれや徳永さんのためにお願いしてくれたのかもしれない。おれや徳永さんがあんまり悲しまなくていいように、何かいいことがありますようにって……」

「そうだねぇ」と、咲は相槌を打った。「そんならしっかりお礼参りしなくちゃね」

稲荷大明神も大黒天も縁結びの神である。

けれども、もしも此度の出来事が「霊験」だとしたら、「祈願」したのはおむめさんだけじゃない――

理代に徳永、顔は知らぬが千太と冴の父親や祥太、寿々、理代の祖母——それからしろにましろと次々思い浮かべながら、咲は千太に微笑み返した。

◎

千太に先導されて、咲たちは大鳥居から随神門をくぐってお参りを済ませた。

修次が少し早いおやつに誘ったが、姉弟は揃って首を振る。

「徳永さんが、千太の帰りを待っているでしょうから……私も暮れまでに福栄屋まで戻りませんと」

石坂を並んで下りてゆく二人を見送ると、修次が咲に向き直ってにっこりとした。

「これぞ阿吽(あうん)の呼吸だな、お咲さん」

「なんだって?」

「俺もお理代さんに半襟でも贈ろうかと——俺がお咲さんに注文してもいいと思ってたのさ」

「あんたも?」

「そうさ。だって、祖母(ばあ)さんの形見とはいえ、十五の娘があんな年寄り臭ぇ着物じゃあんまりだ。年相応に、ちょいと愛らしい、真新しい半襟でもありゃ大分違うだろう」

「そうなんだよ」

着物に頓着なかった、と理代は言った。だが、兄が死すまで母からないがしろにされていたがために、今までろくな着物を——少なくとも大店の娘にふさわしい物を——与えられたことがなかったのではないだろうかと咲は推察していた。祖母の形見を大事にしたいという気持ちに嘘はなかろうが、一つくらい新しく、理代のためだけにあつらえた物があってもいいと思うのだ。

——と、ふいに後ろから勢いよく袖を引っ張られて、咲は——修次も——短い悲鳴を上げた。

振り向くと、いつの間に現れたのか、しろとましろがにやにやしている。

「咲も修次もちっとも気付かなかった」

「仲良くおしゃべりしてたから気付かなかった」

「もう！」と、咲が頰を膨らませる横で、

「あはははは」と、修次が大笑いする。

「なんの話？」

「楽しい話？」

「お咲さんの半襟の話さ。花梨の花の意匠なんだが、お理代さんっていう大店の跡取り娘のために作った物で、そりゃあいい仕事ぶりだったのさ」

「おいらたち花梨も知ってるぞ」

「花梨くらい知ってるぞ」

「桃色の花が夏に咲くんだ」

「黄色い実が秋に実るんだ」

得意げに言う双子へ、修次はまたしても好奇心が疼いたようだ。

「花梨も知ってるとは驚きだ。その半襟はお冴に届けてもらうことにしたんだが、お前たち、お冴のことも知ってるだろう？」

修次が問うのへ、双子は顔を見合わせてから注意深く応えた。

「……知ってる」

「……冴は千太の姉」

探るように己を見上げて言うしろとましろへ、修次は愛想良く頷いた。

「うんうん。此度お冴は身請け――ええと、つまり奉公先が変わってだな……お理代さんの店で働くことになったのさ」

「ふ、ふうん、そうかい」

「へ、へぇ、そうだったのかい」

空とぼけた返答から、二人は此度の始末を粗方知っているようだと咲は踏んだ。

「それでな、お理代さんちは前の奉公先より自由が利くから、お冴も千太もこれからは会いたくなったらいつでも会えるのさ。おむめさんが亡くなって千太は大分塞ぎ込んでいたけどよ、ようやっと少し元気になったよ」

「ほう、そいつぁよかった」

「ほう、そいつぁめでてぇ」

口角に嬉しさを滲ませて、双子は――おそらく修次を真似て――口々に言う。

「二人はさっき、明神さまへのお参りを済ませて、今から妻恋稲荷――稲荷大明神さまにお参りに行くそうだ」

「ほほう、そいつぁ感心だ」

「ほほう、そいつぁいい心がけだ」

歳に似合わぬ相槌を打ちながら、にこにことしろとましろは上機嫌になった。

噴き出しそうになるのをこらえて、咲は腰をかがめて二人に問うた。

「こないだは、千太のことを知らせてくれてありがとう。あんたたち、お遣いの途中かなんかだったんだろう？　余計なこととして叱られなかったかい？」

――本当はいけないんだけど――

――本当は秘密なんだけど――

にもかかわらず、大事を知らせてくれたしろとましろを咲は少々案じていたのだ。口をつぐんで見交わしたしろとましろに咲がひやりとしたのも束の間で、二人ともすぐにもじもじとして口を開いた。

「ちょびっと叱られた」

「余計なことしたから叱られた」

「でも、おいらたち此度はちゃあんとお遣いしたよ」

「前よりずっとうまくお遣いできたよ」

やっぱり縁結びが仕事なのかねぇ……?

しろとましろが稲荷大明神のお遣い狐だとすれば、二人の「お遣い」は人と人をつなぐことで、それは男女に限らず、親兄弟や友人、師弟など多岐にわたるに違いない。

――いや、人と人とは限らないか。

いつぞや虎猫と「密談」していた二人を思い出して、咲はくすりとした。

お遣いの委細を問うてみたいのは山々なのだが、まかり間違って、禁忌を破るようなことがあってはならぬと、咲は今日のところは深追いを諦めた。

「そうかい。ちゃあんとうまくできたのかい。それは重畳、感心感心」

やや大げさに褒め称えると、双子は「えへへ」とはにかんだ。

「感心ついでにおやつを馳走しようかね。ああでも、あんたたち、先を急ぐのかい？」

咲の言葉に此度は双子は見交わしもせず、揃ってすぐさま首を振る。

「おやつが先」

「お遣いは後回し」

「ははは」と、修次が笑い出した。「そんならそこの茶屋の饅頭でも……」

そう言って修次は近くの、以前勘吉を連れて行ったことがある茶屋を指差したが、双子はこれまた首を振る。

「今日は団子がいい」

「麦屋の団子がいい」

「麦屋？」

「……大鳥居の前の、長屋のお幸さんが働いている茶屋さ」

修次が問うのへ仕方なく咲は応えたものの、修次が一緒となると、幸を通じてのちに長屋で話の種になるだろうから、麦屋は避けたいところであった。

が、双子はそんなことはお構いなしに、一人ずつ咲たちの手を取った。

「餡子」

　満面の笑みを浮かべて無邪気にしろとましろが手を引くものだから、咲たちもついて行く外はない。

「麦屋の団子はそんなに旨いのか？」

　こちらも無邪気に問う修次に咲は内心溜息をついたが、振り向いたしろとましろはにんまりとする。

「行ってみてのお楽しみ」

「食べてみてのお楽しみ」

　ふと咲は、己が二人の前で麦屋の名を一度も口にしていないことに気付いた。

　これも「お見通し」……なのかねぇ？

　咲が小首をかしげると、「ふふふ」と双子は更ににんまりとした。

第三話　獅子の寝床

「もうできたのかい？」

「ああでも、金具はこれからなんだが」

牡丹の煙管のことである。金具は煙草入れの方につけるもので、煙管はもうすっかり仕上がっているという。

「三日前にはもうできてたんだが、お冴の身請け話に気を取られちまって、こいつを持って来るのをつい忘れちまった」

苦笑しながら修次が包みの薄布を開くと、一本の銀煙管が現れる。

慣れた形の方がよかろうと、砧形で長さは八寸ほど、太さも牡丹の手持ちの煙管とほぼ変わらない。ただし雁首はやや長め、羅宇はやや短めだ。

「羅宇は銀にした分重くなったが、雁首や吸口も含めて薄めにしたから、総じりゃ大して変わらねぇ筈だ」

薄布ごと手に取って、咲は細工をつぶさに眺めた。

羅宇は無紋だが、雁首と吸口には牡丹の花が咲いている。

銀一色の世界でありながら、極細い線で描かれているのは白い牡丹、やや力強い線は赤い牡丹だと言われずとも見て取れる。合間のいくつかの花は内側に微かに縦に線が入っており、花びらの縁は線が浅く、ところどころ途切れていて、司獅子という種のごとく内側から外側へと色が淡くなっている牡丹が思い浮かんだ。

「よくもまあ……こんな風に花の色を違えるとはね」

感心しながら咲が言うと、修次は誇らしさ半分、照れ臭さ半分といった態で口角を上げた。

「なんの。お咲さんの下描きがあったからさ」

ほどよく意匠を合わせるために、文月に深川の牡丹を訪ねた後、咲は己の下描きを写して修次に渡していた。

「それにしたってさ。こりゃ、私もぼやぼやしてられないね」

急ぎではないと言われたものの、注文を受けてから二月余りが経っている。

咲の分担は煙管の筒袋と煙草入れで、どちらもまだ三割ほどしか縫箔を入れていないため、修次に見せるのは躊躇われた。

「近々仕上げちまうから、もうしばらく待っとくれ」

「そう急ぐこたねぇが、そうだなぁ――月末には納めちまいてぇな」

「うん」

筒袋を合わせるために、煙管は置いていってもらうことにした。

負けじと意欲が湧いてきて、すぐにでも残りの刺繍に取りかかりたいところであったが、修次はのんびりと咲を柳川に誘った。

もともとそのつもりで、九ツ前に訪ねて来たと思われる。

どちらからともなく柳原を回って松枝町へ向かうも、しろとましろは見当たらない。

「そう毎度毎度はいねぇやな」

苦笑を浮かべつつ暖簾をくぐった修次へ、中から飛び出して来たしろかましろのどちらかが勢いよく頭からぶつかった。

「わぁっ！」

もう一人も続けてぶつかり、二人して土間に尻餅をつく。

「なんだよぅ！」

「痛いじゃないかよぅ！」

「そりゃこっちの台詞だ。飛び出すんじゃねぇ、莫迦野郎！」

修次は叱り飛ばしたが、双子は互いを指差して笑い出した。

「莫迦野郎」

「莫迦野郎」

「笑いごとじゃねぇぞ。まったくお前たちは石頭なんだからよぅ」

腹をさすりながら修次が言うと、双子はますます笑い転げる。

「修次も痛い」

「腹が痛い」

「石頭」

「おいらたちは石頭」

「ほら、あんたたち。いつまでも転がってちゃ、邪魔じゃないのさ」

咲が急かすと、しろとましろはくすくすしながらも立ち上がる。

「あんたたち、もう昼餉は済ましちまったんだね？」

「そうだよーだ」

「信太を半分こしたんだよーだ」

「でもお揚げは二枚」

「一枚おまけしてくれた」

柳川では信太蕎麦は十六文だ。煮付けた油揚げは一枚四文で、いつもは二十文かかるところを給仕のゆう——偽名はつる——が十六文としてくれたらしい。

咲たちが神狐の足元に置く「賽銭」は、双子の小遣いになっている筈であった。二人して四文ずつ置いていくと合わせて一度に十六文になるが、近頃は双子はお遣いでもちょこちょこ稼いでいるようだ。

「そうか。なんなら一緒にどうかと思ったんだが」

修次が言うと、二人は無念そうに眉尻を下げたが、それも一瞬だ。

「おいらたちこれから出かけるんだ」

「少し急がないと間に合わないんだ」

「ふうん、またお遣いか」

「違うよーだ」

「今日は遊びに行くんだよーだ」

「うん？　そんならどこへ遊びに行くんだ？」

「秘密」

「秘密」

「ちぇっ。やっぱり秘密か」

「いひひ」

「いひひひ」

わざとらしく舌打ちした修次へ、双子は忍び笑いを漏らした。

「修次の知らないところ」

「修次は行けないところ」

「じゃあな、修次」

「またな、咲」

「気を付けておゆき」

再び駆けて行く二つの背中へ咲が声をかけると、双子は振り向きもせず——だが元気よく揃って応えた。

「はぁい！」

◎

しろとましろが二人きりで柳川を訪れたのは、今日が初めてだったようだ。

「お行儀よくしていましたよ。でも、じきに九ツだと清蔵さんと話した途端、残りのお蕎麦を慌ててかき込んで……ふふふ」と、ゆうは笑みをこぼした。

清蔵は柳川の店主にしてゆうの実父だが、勘当された身であるゆうは今はつると名乗っており、店でも他人行儀に「清蔵さん」と呼んでいる。

ゆうが注文を取る間に九ツが鳴り、ほどなくして孝太が手習いから帰って来た。

孝太はゆうがかつて、まだ幼いうちに捨てた息子だ。清蔵との約束でゆうは己が母親だと明かしていないものの、孝太はゆうが実母だと既に知っている。

耳の悪い孝太へ、ゆうが手振りを交えてしろとましろの来店を告げると、孝太は咲たちの方を見やって微笑んだ。

四半刻と経たずに蕎麦を食べてしまうと、玉池稲荷を過ぎた辺りで修次と別れた。修次もこれから、大伝馬町の友人宅へ遊びに行くという。

昼間からいいご身分だが、咲よりずっと名が売れている修次は、そうあくせく働かなくとも充分実入りがあるのだろう。

さ、私は夕刻まで一仕事――

少しばかり武家屋敷の連なる通りを西へ歩いて行くと、後ろから辰治に呼ばれた。

「お咲ちゃん」

「あら、辰さん。もうお帰りで？」

辰治は大工で重辰という大工一家の副棟梁だ。雨天ならともかく、今日のように晴れた日中に帰宅することはまずなかった。

「うん。建て増しをしてんだが、注文主の娘がなんだか具合が悪いそうでな。今日はもう、とんかちうるせぇのは勘弁してくれってんで、早々に帰されちまった。若ぇのはとっとと浅草に遊びに出かけたが、俺や重治みてぇな年寄りは、たまにゃあのんびりしようやと、それぞれ家に帰ることにしたのさ」

　年寄りといっても、辰治はまだ四十代半ばで、棟梁の重治も同年代の筈である。「重辰」は二人の名から取ったもので、二人は血縁ではないものの、似通った名が縁で親交を深めた古くからの友人だと聞いている。

「あはは、たまにはいいじゃないですか」

「お咲ちゃんも、たまには遊びに行くのかと思いきや、もう家に帰んのかい？」

　辰治は実は玉池稲荷の手前から咲に気付いていたのだが、男連れだったため、遠慮して声をかけずにいたという。

「あれが噂の修次って錺師だろう？」

「もう！　辰さんのお耳にまで入っているなんて」

「そら、俺も『とうしろ長屋』の店子だからな。なんやかやと耳にするさ」

　大家の藤次郎を始め、長屋には職人ばかりが揃っている。ゆえに巷では藤次郎と素人をかけて「玄人ばかりのとうしろ長屋」と呼ばれていた。

辰治は独り身の出職で、夕餉も大概外で済ませてくるから、長屋の団らんに加わることは滅多にない。また、辰治は大工らしい隆とした身体つきと強面、どすの利いた声に加え、左の頬と腕に大きな傷跡を持っていて、ちょっとやそっとの荒事にはびくともしない男振りだ。ゆえに偏見は承知の上だが、つまらぬ噂話——殊に色恋の噂には関心がないだろうと思い込んでいた咲はいささか驚いた。

「辰さんがご存じってことは、多平さんも五郎さんも——」

「たりめぇさ。下手な男にゃ嫁にやれねぇってんで、多平さんも五郎さんも、おしまさんにいろいろ訊ねてたぜ」

「まったくみんな、勘弁してちょうだい」

「けど、こうして仲良く出かける仲なんだろう？」

「ただの職人仲間ですよ」

もう幾度か繰り返した言葉で、咲は男女の仲を否定した。

「時折、蕎麦屋や茶屋へご一緒するだけです。ああ、茶屋ってのはまっとうな茶屋ですからね。殊に今は、とある方から頼まれた煙管と煙草入れを一緒に作っているから、なんやかやと相談ごとがあるんです」

言い訳めいた言葉よりも、煙草呑みの辰治は煙管に興味を抱いたようだ。

「修次ってのは煙管も作んのかい？」

「ええ。金銀で作れる物ならなんでも——なんて修次さんは言っていました。それで今日は、出来上がった煙管を届けに来たんです」

「ってぇこた、お咲ちゃんの手元にあんのかい？　ちょいと見せてくんねぇか？」

「もちろん。……悔しいことに、とってもいい出来なんです」

「あははは、お咲ちゃんは負けず嫌いだなぁ」

長屋に帰ると、上がりかまちに座り込んだ辰治に、二階に置きっぱなしだった煙管を出して見せた。

「ほう、こりゃすげぇな。注文主は女かい？」

辰治が問うたのは、牡丹の煙管は一尺ほどある女郎煙管よりは短いものの、女物に多い六寸の煙管よりは長め、太めだからだろう。

「ええ、その名も牡丹さんっていう、背丈のある女の人から」

「牡丹ってぇのは呼び名かい？　その、中か宿の女か、芸事の師匠が使うような？」

「おそらく呼び名でしょうけれど、しかとは聞きませんでした。深川の紅屋(べにや)の女将(おかみ)さんです」

「へぇ、紅屋のねぇ……」

「そういえば、辰さんの煙管は唐獅子でしたね」

思い出しながら咲が言うと、辰治は腰にしていた煙管筒から煙管を取り出した。

牡丹に唐獅子は、屛風絵や刺青でもよく使われている取り合わせだ。

これまでじっくり眺めたことがなかったが、辰治の煙管もやはり八寸ほどの砧形だった。雁首に天を翔けるがごとき唐獅子が一匹、雲の文様と共にぐるりと彫り込まれていて、羅宇は黒竹、吸口には少しだがやはり雲の文様が入っている。

並べてみると全体の長さや吸口の大きさはほぼ同じ、雁首は新しい煙管の方が少しばかり長めである。

「牡丹さんがお持ちの煙管なら、辰さんの煙管とほとんど変わらないわ。あちらは雁首と吸口が文様のない銅だったけど、羅宇は辰さんのと似た黒竹だった」

「……色気がねぇな」

苦笑を漏らした辰治へ、咲も苦笑を浮かべて応えた。

「牡丹さんもそう仰ってたわ。だから、此度は女将らしい煙管と煙草入れをあつらえたいと……けれども、今の煙管は煙草を覚えた時から使っているそうだから、愛着のある一品なんでしょう」

「初めて手に入れた煙管ってのは、手放し難ぇもんだからな」

「じゃあ、辰さんもこれをずっと？」

「いや、こいつは二代目だ。初代は……失くしちまったんだ」

「そりゃ残念でした」

「ああ、残念無念さ。まさか失くしちまうとは思わなくてなぁ」

冗談ではなく、心から懐かしんでいるようである。

しっかり者の咲は、大事な物をうっかり失くしたことがない。だが、両親を亡くしたそれぞれの折、やむを得ず手放した想い出の品はたくさんあった。咲のような身の上でなくとも、火事の多い江戸では、ひとときに家財を——家族をも——そっくり失った者がごまんといる。

「よっぽどお気に入りだったんですね」

「はは、けどもう、いくら言っても詮無いことさ」

目尻に皺を寄せて笑いながら、辰治は唐獅子の煙管をつまんで立ち上がる。

「邪魔したな」

「そんな、ちっとも」

「一服したら、久しぶりに明神さまにでも行ってみっか……」

煙管を手にしたまま、戸口の外で辰治は一つ大きく伸びをした。

辰治が稲荷寿司を手土産に帰って来たのは、二日後の夕刻だ。

中一日をおいて、再び早めに帰らされたそうで、此度は棟梁の重治と一緒に富岡八幡宮参りに出かけたという。

「おいら、ふかがわのおいなりさん、だいすき」と、勘吉。

「俺もだ。あすこのお稲荷さんは江戸一さ」と、由蔵。

稲荷寿司は八幡宮の鳥居からほど近い孫助の屋台で買った物で、長屋の皆——殊に勘吉と由蔵は大喜びで、二人ともすぐさま皿を取りに走った。

「いつももらうばかりだったからな」

皆に稲荷寿司を配ってしまうと、辰治は咲の家に顔を出した。

「お咲ちゃん、紅屋のことなんだが……」

「紅屋？　ああ、牡丹さんのお店のこと？」

「うん」

どこか困り顔で、辰治は上がりかまちに腰かけた。

「店の名は牡丹家ってんだろう？」

「ええ、そうですけれど……」

咲が応えるのへ、辰治は低い声を一層低くして言った。

「その……今日、深川へ行ったついでに思い立って、永代橋の近くの番屋で店の場所を聞いたんだ。番人に『牡丹って名の女将がいる紅屋』を訊ねたら、そりゃ『牡丹家』だろうと教えてもらえたんだがよ。どうも見当たらなくってな」

「ああ、あすこは少し判りにくいところにあるから。――贈り物ですか?」

辰治に倣って、咲も声を低くして問うた。

四十代とはいえ、実入りのいい大工は職人の花形だから女にもてる。辰治の浮いた噂はとんと聞かぬが、時折花街で過ごすことがあるのは知っていた。

「うん、まあ、そうなんだが」

「辰さんにそんなお人がいたなんて」

からかい交じりに言ったのは、一昨日の仕返しである。

「そんなお人じゃねぇんだよ」

一昨日の咲のごとく辰治はすぐさま打ち消した。

「昔の――ただの馴染みさ。紅を欲しがってたから、ここらで一つ、ご機嫌取りに贈り物でもすっかと思ってよ」

「紅なら桝田屋にも置いていますよ。十軒店の近くにも『常陸屋』っていう紅屋があって、私とお幸さん、おしまさんはそこで買ってます」

紅花は茎の端——末——の方から摘むことから、「末摘花」とも呼ばれている。紫式部の、かの「源氏物語」に登場する姫の一人のあだ名も同じく「末摘花」で、こちらは姫の鼻の頭が赤かったため、紅鼻と紅花をかけたからだ。常陸屋の名は更に、この末摘花の姫が「常陸宮姫」であったことにかけているそうである。

「常陸屋の方が値段は手頃だけど、桝田屋の方が物はいいわ」

町の女なら常陸屋の紅で充分だろうが、贈り物なら、ましてや花街の女へなら桝田屋のややお高い紅の方が喜ばれるに違いない。桝田屋の売り込みも兼ねて咲は言ってみたものの、辰治は盆の窪に手をやった。

「けど、牡丹家ってのは——その、番人が言うには——女たちに人気の紅屋だそうじゃねぇか」

「……そうですね」

煙草入れの注文を受けるまで咲は牡丹家を知らなかったが、小間物を扱う、また小間物屋をよく知る職人として——女としても——つい知ったかぶった。

「あすこの紅は本当に上物だから——」

これは己が目で確かめたことである。

「だったら、やっぱり此度はそっちの紅にしてぇのよ。店は黒江町にあって、八幡さまへの道すがらだとは聞いたんだけどよ、それらしき店も看板もなくってな。重治が一緒だったもんで、何度も訊ねるのはなんだかはばかられてよ」

辰治が言うには、この「馴染み」のことは重治にも内緒にしていたそうで、からかわれるのが嫌で、行き帰りにざっと店の看板を探しただけだったらしい。

「そんなんじゃ見つからないのも道理です。牡丹家は根津屋って小間物屋の隣り――うん、中に間借りしているような小さなお店だから」

「そうだったのか」

「急ぎでなければ、私が買って来ましょうか？　月末には煙草入れを納めに行くつもりだから、その折にでも」

「ああいや、それにゃあ及ばねぇ」

微苦笑を浮かべつつ、辰治は慌てて手を振った。

「どんなもんだか、この目で確かめてからにしてぇからよ。根津屋って小間物屋の中にあんだな？」

「ええ。看板もあるこたあるんだけど、こぉんな小さい、名札みたいなやつなのよ」

念を押した辰治に、咲は両手で札の大きさを示して見せた。

「ははは、それじゃあ見つからねぇ筈だ。――邪魔したな」

さっと上がりかまちから立ち上がり、にこやかに辰治は帰って行ったが――

馴染みにもかかわらず、長い付き合いの重治にも内緒だという女である。紅を買うついでに、己にあれこれ探られては困るとでも思ったのだろう。また、花街の女とて、男が自ら選んだ物を贈られた方が喜ぶに違いない。

お節介が過ぎちゃったか……

もらった稲荷寿司をつまみながら、咲はしばらく反省しきりであった。

◎

三日が過ぎ、長月は十日の朝、咲は桝田屋へ向かった。

頼まれていた守り袋を二つ包んで、いつも通り鍋町（なべちょう）から乗物町（のりものちょう）へと歩いて行くと、十軒店で店先にしゃがんだしろとましろを見つけた。

百年余り前、桃の節句の雛（ひな）人形を売る十軒の小屋がこの辺りに建ったことが、十軒店の由来である。雛市が盛んになってからは店も十軒より増えて、端午（たんご）の節句には五月人形、年末年始には羽子板などを売る小屋の他、時節に限らず人形を扱う表店（おもてだな）もできた。

双子が覗いているのは表店の一軒で、他にも幾人かの客が立ち止まって小さな人だかりを作っている。

そっと後ろから近付いてみると、皆が眺めているのは茶運童子であった。

茶運童子はからくり人形の一つで、童子が手にしている茶托に茶碗を置くと歩き出し、茶碗を取ると足を止め、再び茶碗を置くとくるりと回って主人のもとへ戻るようにできている。

ちょうど双子の前に来た童子の茶碗を、右側のおそらくしろが手に取った。童子が足を止めたのを見てから、しろは左側のましろに茶碗を渡す。ましろが茶碗を茶托に戻すと、童子は再び動き出し、くるりと身を返して店者のもとへ戻って行った。

童子の一挙一動を凝視していた二人は、店者が童子の頭を撫でるのへ、ほっとした様子で立ち上がる。

「わっ、咲だ」

「咲だ」

振り返った双子が目を真ん丸にしたものだから、咲は思わず噴き出した。

「しろにましろ、こんなとこで油売っててていいのかい？」

「よくない」

「いけない」

咲が問うと二人は揃って首を振る。

「で、でも、ちょっと寄り道しただけだもん」

「ちょっぴり見物しただけだもん」

もごもごと言い訳じみたことを口にしてから、双子は咲を見上げて問うた。

「咲も見た？」

「さっきの見た？」

「茶運童子のことかい？」

「うん。あいつ、生きてないんだ」

「まだ、時々動くだけなんだ」

「そりゃ、あれはからくり人形だもの」

双子は一瞬きょとんとしたが、すぐににやにやして互いを見やった。

「咲は知らないんだな」

「咲は知らないんだよ」

「なんのことさ？」

問い返してから咲は内心はっとした。

まだ、ということは――?

人形や道具、草木や動物は、時に人に似た霊魂を宿すことがあるという。俗に付喪神(つくもがみ)といわれるそれらは往々にして長い年月を経た物に宿ると聞くが、しろとましろのように真新しい依代(よりしろ)を持つもののもなくはないのやもしれない。

「さぁてね」

「しぃらない」

澄まし顔で誤魔化してから、双子は互いを見やって口々に言う。

「さあ行こう」

「うん行こう」

「油を売るのはもうおしまい」

「道草食うのももうおしまい」

「早く行かなくちゃ」

「とっとと行かなくちゃ」

「ちょっと、あんたたち……」

咲が止める間もなく、しろとましろはすたすたと肩を並べて通りを北へ――咲とは反対の方角へ――歩んで行った。

「まったく、あの子らときたら」

苦笑を浮かべて二つの背中を見送ると、咲も寄り道することなく桝田屋へ向かう。

桝田屋では半襟の注文が待っていた。

「ほら、お咲ちゃん、お理代さんに花梨の花の半襟を贈ったでしょう？　福栄屋であれを見た人が、自分も縫箔入りの半襟をあつらえたいと言ってきたのよ」

「嬉しいことです」

率直に咲は喜んだ。

独り立ちしてから、咲が着物そのものを手がけたことはない。大名家にしろ能役者にしろ道楽者にしろ、裃やら衣装やら紋付やらは「男仕立て」を望む者が多いのだ。「ちゃんと」した着物ほど女の仕立屋や縫箔師に頼むような客はまずおらず、そもそも世間では咲の名も、女の縫箔師がいることも知られていなかった。

ゆえに、たかが半襟とはいえ、帯や腰帯同様、新たな注文は咲の胸を躍らせた。

「甘菊か蠟梅はどうかと言ってたわ」

「黄色い花がお好きなんですね」

「それもあるけれど、黄色い花の方が持っている着物に合わせやすいからだそうよ」

「なるほど」

座敷でひととき話して暇を告げると、美弥もこれから出かけるという。

「牡丹さんのところへ行こうと思って」

「牡丹家へ？」

「ええ。志郎さんにいただいた紅が思いの外よかったから、うちにも納めてもらえないかとお話ししに行くのよ」

「まあ、志郎さんが紅を……」

「根津屋は前々から知っていたけれど、うちはもう別の紅屋さんから仕入れているから、牡丹家を気にしたことはなかったんですって」

「さようで」

にやにやして見せてから、咲は続けた。

「商談の邪魔はしませんから、私もお伴させてもらえませんか？」

「まあ、もちろんよ」

注文品がまだ出来上がっていないため、やや気が引けるが、今一度牡丹を目の当たりにすれば仕上げへの励みになることだろう。

美弥と二人きりで出かけるのは久しぶりで、深川への道のりで世間話に花が咲く。

牡丹家に着くと、咲が店先を眺めているひとときに商談は難なくまとまり、美弥が店先まで呼びに来た。

「牡丹さんが一緒に一服――ああ、煙草じゃなくてお茶を――どうかって」

「ありがたくいただきます」

裏の長屋へ回り、牡丹の家に上がり込むと、咲は品物が出来上がっていないことをまず詫びた。

「月末までには納めますので」

「いいんですよ。ゆっくりでいいので、その分いい物にしてください」

「はい」

そうそう甘えるつもりはないものの、牡丹の言葉や仕草の端々には職人ならではの思いやりが感ぜられる。

咲は職人として、美弥は女将として、牡丹に通じるものがあるようで、三人で和気あいあいとおしゃべりに興じていると、木戸の方から牡丹を呼ぶ声がした。

「牡丹さん、ちょっと！」

戸口から顔を覗かせたのは牡丹よりやや年上と思しき女で、咲と美弥を見て慌ててぺこりと頭を下げた。

「お客さんがいらしたとは、ごめんなさいね」

「ううん。商談はとうに終わったから……どうしたんです、おかねさん?」

穏やかに、だがきりりとした頼もしい顔つきで牡丹が問い返すのへ、かねという女は上がりかまちに腰かけて言った。

「なんだかまた、怪しい男がいたんだよ」

「えっ? また? ——ちょっと見て来ます」

「あ、もう行っちまったよ」

かねに止められて、牡丹は浮かせかけた腰を下ろした。

「昨日も怪しい男がいたんですよ」と、牡丹。「私は見ていないのですが、四十路をいくつか過ぎた年頃のがっちりした男で、しばらく木戸や名札を窺ってたようなんです」

「長屋の者が声をかけたんだけどね。こう、顔を隠すようにして逃げたってのよ」

かねが左の頰へ手をやりながら、口を挟んだ。

もしや、辰さんじゃ——?

咲が内心慌てる間に、かねが付け足した。

「でも、牡丹さん、今日は違う男だったよ」

「違う男?」

「うん。だって今日のは、がっちりってほどの身体つきじゃなかったもの。細くはなかったけど、力仕事をしてるようには見えなかったね。歳もおそらくもう少し上——四十五、六ってとこだったね」

「四十五、六……」

「それから、眉毛に大きなほくろがあってさ」

「眉毛にほくろ？」

問い返しながら、牡丹は右手で右の眉の端に手をやった。

「うん、この辺りに」

そう言ってかねは、牡丹とは反対に左手で己の左眉の上に触れる。

「背丈は私よりは高かったけど、牡丹さんとは同じくらいかねぇ……？」

「ふうん……じゃあ、昨日の男と違うのは確かだね。昨日の男は、私より背丈があったと聞いたもの。でもまあ、怪しいには違いないから、みんなには気を付けるように言っておかなきゃ」

藤次郎長屋と違って、牡丹の長屋は昼間は女しかいないらしい。腕っぷしはどうかしらぬが、身体つきや気っ風からして牡丹は長屋の女たちに頼りにされているようだ。

かねが早速他の女たちに知らせに立つと、牡丹は微苦笑を浮かべながら煙管に煙草を詰めた。

「お騒がせしました」

「いえ……」

美弥と二人して小さく首を振ったが、咲は少し前の牡丹の仕草が気になっていた。牡丹には右眉にほくろがある、四十代半ばの男に心当たりがあるように思えたのだ。かねが見かけた男は違ったようだが、心当たりの男はもしや牡丹の想い人か恋人かと咲は勘繰った。

牡丹が煙草に火を付けるのを待ってから、咲は切り出した。

「あの、牡丹さん、昨日の男のことですけれど……」

牡丹に余計な詮索をするつもりは毛頭ないが、辰治への誤解は晴らしておきたい。

「もしかしたら、うちの長屋の人かもしれません。辰治さんっていう人なんですが」

「辰治さん？」

「はい。先日、牡丹さんのお店の話をしたところ、ちょうど贈り物にする紅を探していたとか……でも、ご友人と深川を訪ねた折にはお店を見つけられなかったそうで、根津屋と軒先が一緒だと教えました。そのうちまた訪ねてみるようなことを言ってましたから、昨日何かのついでに寄ったんじゃないかと思うんです」

「そんなことが……」

「辰治さんは大工で、こっちの——左の頰に目立つ傷があります」

己の左頰を指して咲は言った。

「駆け出しの頃に屋根から落ちたそうで……だから見た目は怖いんですが、悪い人じゃありません」

「左頰を隠していたのは、そういうことなのね」と、美弥。「でも、どうして木戸を窺っていたのかしら？」

「さあ、それは……」

咲も腑に落ちないが、女職人として、もしくは同じ煙草呑みとして牡丹に興を覚えたのやもしれない。

「辰治さんも煙草呑みだから、牡丹さんとちょっと煙管の話でもしたかったのやもしれません。もともと牡丹さんの煙管筒や煙草入れを請け負った話をしたついでに、牡丹家の——紅の話になったんです」

「そうだったんですね。そんな強面のお客さんなら、店の者が何か言ってきそうなものだけど……その人、歳はおいくつ？」

「ええと、確か午年だったような……四十四でしょうか」

「じゃあ、私と二つ違いね」と、牡丹はくすりとした。「それなら、昨日は少し若く見えたのかしら」

「そうみたいですね」

とすると、牡丹さんは四十二歳……

辰治もそうだが、牡丹も歳より幾分若く見える。

牡丹が一服終えてから咲たちが暇を告げると、牡丹は外までついて来て、ついでに店の者に辰治のことを訊ねた。

が、どうも辰治は紅は買わずに帰ったようだ。

「そんな強面なら忘れませんよ。長屋の人に見咎められて、恥ずかしくなって帰っちゃったんじゃないですか？」

笑いながら売り子の女が言うのへ、咲たちも各々笑みを浮かべた。

「小間物屋が苦手な男の人はたくさんいますものね」と、美弥。

「私も小間物屋や紅屋にいる辰治さんは、どうも想像し難いです」

咲が言うと、牡丹は更に目を細くしながら売り子に言った。

「もしもその方が来たら知らせてちょうだい。煙草呑みで歳が近い私の方が、その方も気安いことでしょう」

「はい、女将さん」

空手で帰ったと思しき辰治のために、紅を買って帰ろうかと咲は束の間迷ったが、結句、何も買わずに牡丹家を後にした。

いけない、いけない。

また、余計な世話を焼くとこだった――

己を戒めながら、咲は美弥と土産の稲荷寿司を買いに向かった。

❀

「よしぞうさん！　よしぞうさん！」

井戸端で遊んでいた勘吉が、土産を聞いて由蔵を呼びに走った。

「いちだいじ！　よしぞうさん！　おいなりさん！」

「おお、そら一大事だ！」

由蔵が大げさに応えるのを聞いて、咲と路は噴き出した。

のちに辰治が帰宅したのは、六ツを半刻ほど過ぎた頃だった。残っていた土産の稲荷寿司を持って、咲は辰治に声をかけた。

「今日、桝田屋に行ったついでに、牡丹家まで足を延ばしたんです」

「ついでに行くにゃ遠くねぇか？」

「桝田屋の女将さんが、牡丹さんから紅を仕入れたいと言うものだから、私もその、散歩がてらに」

苦笑をこぼした辰治に、咲も微苦笑を浮かべて応えた。

「辰さんも昨日行ったんでしょう？」

「えっ？」

「長屋の人が言ってたわ。怪しい男がいたって」

「怪しい、か……」

「長屋の人から話を聞いて、私はすぐにぴんときましたよ。辰さん、何も逃げることないじゃないの」

「ちっ」

恥ずかしげに、辰治は小さく舌打ちした。

「じゃあ、女将も――牡丹さんも俺が訪ねたことは知ってんだな？」

「ええ。傷は見られてなかったようなんだけど、辰さんじゃないかと思って、牡丹さんにお話ししました」

「うん？」

辰治が眉をひそめたのを見て、咲は慌てた。

「だって、辰さんを疑われたくなくて……怪しい人じゃないって、牡丹さんにも長屋の人たちにも知って欲しかったんです。だから、傷があって強面だけど、悪い人じゃあないって、つい」

「悪い人じゃあない、ねぇ……」

「ごめんなさい」

「謝ることたねぇ」と、辰治は再び苦笑した。

「牡丹さんに訊かれて、辰さんが午年だとも言っちゃった。そしたらなんと、牡丹さんは辰さんのほんの二つ年下なんですって」

「……牡丹さんが、俺の歳を訊いたのか？」

「ええ。お店の人にも、辰さんが来たかどうか確かめて——でも辰さん、お店には寄らなかったんでしょう？」

「うん、まあ……」

「牡丹さん、お店の人に辰さんが来たら知らせてくれるよう頼んでましたよ。牡丹さんが相手した方が、辰さんも気安く買い物できるだろうって」

「そんなことを……？」

「だってほら、歳が近いし、おんなじ煙草呑みだし——」

微かだが、希望を宿したような辰治の目を見て、咲はようやく悟った。

辰治は紅を買いに行ったのではなく、牡丹に会いに行ったのだ。

きっと、初めから——

辰治は牡丹を——もしくは牡丹に似た女を——見知っていると思われた。

辰治も何やら勘付いたのか、黙り込んだ咲へ取り繕うように微笑んだ。

「お稲荷さん、ありがとうよ」

「……どういたしまして」

詳しく訊いてみたくてうずうずしたが、更に首を突っ込むのは咲とて気が引けた。加えて、牡丹にはどうやら別に気になる男がいるようだ。辰治の訪問が恋情からかどうかは判らぬが、明らかに己がでしゃばることではない。

長屋の皆の目や耳も気になって、咲はすごすごと己の家に戻った。

❀

のちの月とも、栗名月とも、豆名月ともいわれる十三夜。

七ツを半刻ほど過ぎてから、弟の太一が妻の桂を連れて長屋を訪れた。

景三宅よりは新居の方が近いものの、二人に会うのは祝言以来だ。

「おや、どうしたんだい？」

「どうしたんだい、とはご挨拶だな。お桂が月見菓子でもどうかってんで、持って来たのさ。なぁ、お桂」

「ええ。あの、お団子の用意はあると思うんですけど、お義姉さん、よかったらうちのお菓子も食べてみてください」

「ありがとさん。今、お茶を淹れるからお上がりよ」

桂は嫁いでからも、日中は実方の菓子屋・五十嵐で働いている。

「ああ、なんなら夕餉も食べてくかい？　といっても、大したものは出せないけどさ」

「いや、今日はこれから、姉さんが言ってた蕎麦屋に行くつもりなんだ」

「柳川かい？」

「そうなんです」と、桂。「お義姉さんもご一緒にどうですか？」

「俺が馳走するからよ」

「遠慮しとくよ」

間髪を容れずに応えたものの、胸が一杯になる。

祝言の前にも、太一は咲と雪を近所の蕎麦屋へ誘い、馳走してくれたが、それは引っ越しやら祝言の支度やらへの礼であった。独り立ちするにあたって、景三から最後に少しまとまった「給金」をもらったからでもある。

藪入りでもないのに気にかけてくれたことがただ嬉しく、独り立ちして間もないのに一丁前の口を利く弟が――姉莫迦ながら――頼もしい。

「お誘いは嬉しいけどさ。残り物を片付けちゃいたいし、お団子も五十嵐のお菓子もいただきたいからさ」

「ほら、だから言ったじゃないの」

小さく頬を膨らませて、桂が太一を小突いた。

「先に知らせておこうって、私が伝えに行ってもいいって言ったんですけれど――お菓子のことも、お蕎麦のことも」

「あはははは。けど、太一が止めたんだろう？　太一はそういうとこは横着だからね」

「き、昨日は、こいつが帰って来た時にゃもう暗かったんだ」

「昨日の前でも、その前でもよかったのに、忙しいだの、もう遅いだの」

「どっちもほんとのことじゃねぇか」

「はいはい。犬も食わないものはそれくらいにしといておくれ」

笑いながら咲が割って入ると、二人とも口をつぐんでもじもじとした。

「菓子屋はお月見前は稼ぎ時、太一は独り立ちしたばかりなんだから、どっちも忙しいのは結構なことさね。お桂さん、五十嵐は今日はてんてこまいだったんじゃないの？」

「ええ。でもお陰さまで、いつもより多めに作っていたにもかかわらず、七ツにはほとんど売れたんです」

「それなら、おうちもゆっくりお月見できるね」

「太一さんも昨日、塗箱を納めてきたとこなんです。ね、太一さん？」

「ああ、うん。——師匠の口利きなんだが、栗名月に間に合ったってんで、少しばかり心付けももらったさ」

それこそ少しばかり誇らしげに太一が胸を張るのへ、咲は桂と見交わして微笑んだ。

これも姉莫迦だと承知の上だが、太一の仕事がまずまずうまくいっている様子が己のことのように嬉しかった。

咲のところへ来る前に、二人は景三にも菓子を届けに行ったという。

「そりゃ感心だ」

「お桂の案さ」

「判ってるよ、そんなこた。あんたはそこまで気が利かないもの」

「ちぇっ」

太一とかけ合ううちに、咲はふと、景三の右眉の端にも大きな、疣のごときほくろがあったことを思い出した。

「太一、そういや景三さんはどこの出なんだい？」

「どこの出、というと？」

「お国はどこだったかと思ってさ」

景三とは年に二度ほど、牡丹とはそれこそたったの二度しか顔を合わせていないものの、よくよく思い起こしてみると、二人の顔にはどこか重なるところがある。

目元、それから口元も似ているような……

また、景三は年相応の身体つきだが辰治よりは細くて背が低く、年も四十代半ばだったと記憶している。

「師匠は生まれも育ちも江戸さ」

「ご両親もかい？」

「ああ。どちらも神田、いや、大おかみ――先代のおかみさん――は浅草のお人だったかな……？」

しかし、どちらも江戸には違いない。

「藪から棒にどうしたい？」

「この間、なんだか景三さんに似ている女の人に会ったんだよ」

「師匠に似ているたぁ、お気の毒な……」

太一はまだしも、桂まで眉尻を下げたのを見て、咲は笑い出した。

「似てるったって、双子のごときってんじゃない。でも、親類と言われれば、なるほどと思うくらいには似ていたね。そのお人は出羽国からきたってんだけどさ」

「出羽かぁ。師匠の親類は遠くてせいぜい下総か上総だったような……けどまあ、世の中には稀に赤の他人でもそっくりさんがいるってからな」

「だから、そっくりさんじゃないんだよ」

「ははは、そのお人は師匠と同い年くらいなのかい？」

「四十二だってから、景三さんよりは若いよ」

「へぇー、そんなら師匠は会いたがるかもしれねぇな。師匠はその昔、少し年下の妹さんを亡くしたってから……」

「そうだったのかい」

兄弟がいないことは知っていたが、死別していたとは知らなかった。

「俺もよく知らねぇんだが、俺が弟子入りするずっと前の話らしいや。大おかみは亡くなるまで、その妹さんの月命日にどこかへお参りに行ってたよ」

「ふうん、そんなことがねぇ……」

景三の父親は太一が奉公する前に亡くなっており、母親は太一が奉公を始めて数年で亡くなったと記憶している。

咲は今年二十七歳だ。太一が弟子入りしたのは十三年前のことで、景三は当時三十二、三歳だった筈だ。「ずっと前」というのがいかほどの時かは判らぬが、己の歳にはもう妹を亡くしていたやもしれぬと思うと、侘(わび)しさが胸に満ちた。

火事だの、流行病(はやりやまい)だの、世の中何が起きるかしれたもんじゃないけどさ――せめて己より若い者には、己より長生きして欲しいものだと、咲は木戸の外でしみじみしながら、柳川へ向かう太一たちを見送った。

「さて」

長屋に戻るべく踵(きびす)を返しかけた咲の目が、斜向(はすむか)いの店先でさっとこちらへ背中を向けた二人をとらえた。

しろとましろではない、大の男たちである。

眉根を寄せて、咲はずんずんと二人の方へ歩いて行った。

◎

「修次さんに辰さん。二人揃って何してんです?」

「見つかった」

「見つかっちまった」

首をすくめてしろとましろのごとくつぶやきながら、修次と辰治は二人揃って、そろりと咲を振り向いた。

「つ、ついそこで偶然会ってだな」と、辰治。「思わず呼び止めちまってよ。煙管のことでちょと話が弾んでな。なぁ、修次？」

「う、うん。煙管のことでいろいろな……」

煙管の話ならありうることだが、咲の勘は否である。

「それなら、何も隠れることないじゃないの」

「うん、まあ、そうなんだが」

「そうなんだが、とっさにな……」

修次と辰治がしどろもどろに言うのへ、「ふうん」と咲は再び眉根を寄せた。

というのも、二人から仄かに、いつにない香りがしたからだ。

白粉ではなく、品の良い香木の香りではあるが、「女絡み」だと咲は踏んだ。そこらで偶然会ったというのも嘘だろう。

珍しく落ち着きを失った二人へ、咲はからかい交じりににんまりとして見せた。

「まあいいですよ。じゃあ、修次さんはもうお帰りで？」

「ま、まあな」

「そんなら、辰さん、私もちょっとお話ししてもいいですか？　長屋ではお話ししにくいことなんで、柳原の方にでも」

　煙管のこと、と聞いて、漠然と牡丹を思い浮かべていた。余計な首は突っ込むまいと先日は引き下がったが、修次とこそこそしているなら話は別だ。

「長屋では話しにくいこと？」

「ええ、件(くだん)の女の人のことです」

　鎌(かま)をかけるべくぼかして口にした台詞だったが、二人がうろたえたのを見て、咲は己の勘が的を射ていたことを知った。

「やっぱり、お咲さんはお見通しだったか」と、修次。

「やっぱり、お咲ちゃんは侮れねぇなぁ」と、辰治。

「——とすると、やっぱり牡丹さんのことでしたか」

　観念した様子の二人と共に、咲は柳原へ足を向けた。

　六ツが近付き、柳原は家路を急ぐ者がちらほらしている。ぐずぐずしていると陽(ひ)が落ちて帰り道に困ると思い、咲は二人を交互に見やって話を促した。

先に口を開いたのは辰治であった。

「ばれちまったようだが――牡丹さんは景三さんの妹でな」

「えっ？」

「えっ、って、知らなかったのか？」

つい先ほど、景三の妹は大分前に死したと聞いたばかりである。

大おかみが月命日にお参りに出ていたというからには、景三宅では妹は死したことになっていると思われる。

なんとまあ、どういう事情があるんだか――

太一から聞いたことを思い出しながら、咲は想像を巡らせた。

「……私だって、そうなんでもかんでもお見通しじゃないんです。でも、こうなったからには洗いざらい話してもらいますからね」

「おっかねぇなぁ……」

辰治が苦笑を漏らすのへ、修次が小さく噴き出した。

「下手な隠し立てはよした方がいいですぜ」

「そうみてぇだな」

修次と頷き合って、辰治は再び切り出した。

「むかーし、昔の話だがな……俺と牡丹さんは言い交わしてた時があったのさ」

はたして牡丹は景三の妹にして、辰治のかつての恋人だった。

牡丹が二十歳になる前の話である。

「俺の奉公先が大工町でよ。牡丹さんちからそう遠くなかったんだ」

辰治の言う「大工町」とは、平永町から四町ほど南西に位置する竪大工町の他、川合新石町や鍛冶町の一角を含んだ土地のことで、その名の通り大工が多く住んでいる。

浅草の土産物屋の三男だった辰治は、十二歳で大工町のとある親方のもとへ奉公に出て、十八歳には牡丹と恋仲になったそうである。

辰治はそこの大工一家の「若いの」では一番と評されていたものの、二十歳のある日、屋根から落ちて大怪我を負った。傷が残っているのは頬と腕のみだが、当時は足やあばらも折って三月余り仕事にならなかったという。

「若気の至りで調子に乗ってたのさ。顔やあばらはともかく、足と腕の治りが思いの外遅くてよ……他の若ぇのに仕事を取られたのが悔しくってなぁ——」

牡丹は家の家事手伝いの合間を縫って辰治の見舞いに訪れて、時には奉公先のおかみに代わって身の回りの世話までしていたのだが、辰治は苛立ちから幾度も牡丹を邪険にしてしまった。

「まったくの八つ当たりさ。怪我が治った後も、すぐには元通りとはいかなくてよ。ゆくゆくは独り立ちして、棟梁になって、一家を俺が背負ってく——なんて、ずっと意気込んでいたからよ。そん時はなんだか、全部ふいになっちまったような気がして、ついついあいつに当たっちまった。そんであいつ——牡丹さんにも景三さんにも愛想をつかされてなぁ」

景三の父親はもともと辰治をよく思っていなかったが、景三は牡丹の惚れた男ならと、二人の仲を認めていた。だが、辰治が妹に当たり散らしてばかりなのを知って景三は意を翻し、牡丹もまた辰治に見切りをつけて去って行った。

「なんでも、出羽から紅の行商に来ていた男といい仲になって、あれよあれよという間にその男と一緒になって、江戸を出て行ったと聞いた」

「そんなことがあったなんて……」

「景三さんともそれきりでな。お咲ちゃんの弟が景三さんの弟子だと知った時にゃ驚いたが、俺と牡丹さんのこた、もう二十年余りも前のことだ。わざわざ言うこたねぇだろうと黙ってたのさ」

「でも辰さんは、ずっと牡丹さんのことを？　だからずっと独り身で——」

「ああ、いや」

苦笑と共に小さく頭を振って、辰治は咲を遮った。

「折々に思い出すことはあったが、お咲ちゃんが思ってるようなんじゃねぇ。こんな面でも、三十路過ぎまでは女に事欠かなかったんでな。それによ、お礼奉公を終えて、重治と組んでからは忙しくてよ。女房子なんて煩わしいばかりだと――独り身の方が気楽でずっといいと思ってたのさ」

三十路を過ぎた頃には重治には跡継ぎがいて、己が重辰一家を背負うことはもうないと思ったことも、辰治を縁談から遠ざけたようである。

「ただ、お咲ちゃんから牡丹さんの話を聞いた時、なんとはなしにあいつのことが思い浮かんでな。もしかしたらと思ったんだ。もしもあいつなら――今更だが、一言詫びてぇと思ってよ。だがなぁ……」

辰治は四日前、牡丹家を訪ねる前に、近くの通りにいた牡丹を見つけたという。紛れもなく己の昔の恋人だと知って辰治は牡丹の後をつけ、牡丹が帰って行った長屋の名札を確かめていたところ、住人に誰何されて逃げ出したのだ。

「あいつを目の当たりにしたら、なんだか腰が引けちまってよ」

左頰の傷に触れながら、辰治は自嘲めいた笑みを浮かべた。

「俺は結句、棟梁にならず――いや、なれずじまいだったってのに、あいつはいまや表店の女将だってんだからな」

　それでも日毎に牡丹が気になって、今一度会いに行こうか悩んでいた矢先に十三夜となり、注文主の厚意で仕事が少しばかり早く退けた。これ幸いと辰治は深川に足を向けたが、ふと思い直して日本橋に立ち寄ることにした。

「手ぶらじゃなんだから、何か手土産でも買って行こうと思ってよ……そしたら、道中でこいつが喧嘩を吹っかけられててな」

「しょうもねぇ濡れ衣さ」と、修次。「けど、相手は頭に血が上ってっから困っていたら、辰さんが助けてくれたんだ」

「ついでに、ちょっとした手土産にいい何かを知らねぇかと訊いたらよ。瑞香堂って店に連れてってくれたのさ」

「ああ、それでお二方から香の匂いが」

　瑞香堂は香木屋で、香木の他、塗香や線香なども扱う小粋な店だ。

　修次の勧めで、辰治は小さな匂い袋を買ったという。

「ほ、ほら、前にお咲さんが言ってたろう？」と、修次。「櫛や簪よりも、初めはこういう物の方がいいって」

「なんだ。お咲ちゃんの受け売りだったのか」

言ったことは確かだが、小太郎が雪に想いを告げる際であって、「詫びの手土産」としては首を傾げたくなる。

だが知り合ったばかりとはいえ、既に「修次」「辰さん」と呼び合うほど打ち解けた仲なれば、修次は辰治の牡丹への気遣いを、恋心と見たのやもしれなかった。

「喧嘩のなんやかやと瑞香堂で遅くなっちまったんで、今日は深川行きは諦めて帰って来たとこさ。——なぁ、お咲ちゃん、このことは長屋のみんなには内緒に頼むぜ」

「ええ、もちろん」

「お咲ちゃんほどじゃあねぇが、俺も一昔前は『言い交わした人はいないのか』『どんな嫁ならいいのか』と、みんなにやいのやいの言われたもんでな」

「辰さんも？」

今でも時折、長屋の皆に「やいのやいの」言われている咲は苦笑をこぼした。

「さて、そんなら暗くならねぇうちに帰ろうや。修次も一緒にな」

「修次さんも？」

「もとよりそのつもりだったのさ。なぁ、修次」

「ああ、辰さんの言う通りさ」

にやりとして辰治が言うのへ、にっこりとして修次が応える。

――ついそこで偶然会って――

――煙管のことでいろいろな――

二人で瑞香堂を訪ねたことは隠すべく、もとよりそう口裏を合わせるつもりだったというのである。

「せっかくの十三夜だ。一緒に一杯やろうと思って日本橋から帰って来たのよ」

「……さようでしたか」

「ははは、さようもさよう」

「さようでさ」

どうも釈然とせずに咲はやや眉根を寄せてつぶやいたが、二人はまたしてもしろとましろのごとく、目を細めてからかい口調になった。

❀

月見客として、長屋の皆は修次を喜んでもてなした。

殊に勘吉は大はしゃぎで、何度も路にたしなめられながら、いつもならとっくに寝入っている五ツを過ぎてようやく床に就いたほどである。

太一と桂が持って来た五十嵐の月見菓子は小ぶりの大福だったが、表面に満月さながらに黄金色の肉桂の粉が薄くはたいてあった。勘吉は一口齧って小首をかしげたものの、皆が——殊に肉桂を好む由蔵と修次、そして父親である三吉が——こぞって褒めそやしたものだから、すぐに「うまい、うまい」と真似を始めて皆の笑いを誘った。

以前、水無月に咲がおやつに誘ったことから、居職の皆は修次を見知っていて、言葉を交わしている。だが出職の皆がまともに修次と顔を合わせたのは、今日が初めてだった。酒が入ったこともあってか、男たちは思いの外、話が弾んだようだ。「なんなら泊まっていきねぇ」と辰治が誘うのへ皆が頷き、修次は辰治の家に泊まることになった。

昇った栗名月をしばし眺めてから、咲は他の女たちと早めに家に引き取った。

「お休みなさい、お咲さん」

皆に混じって修次とも挨拶を交わしたが、これも月見酒のおかげか気恥ずかしさはまるでなく、店子のごとく馴染んだ様子の修次が内心可笑しかった。

薄闇に夜具を広げていると、やや声を落とした男たちの笑い声の合間に、少し前に酔い潰れた隣りの保のいびきが重なる。

くすりとしながら咲は掻巻に包まったが、肌寒さに身を縮こめていると、まず理代が思い出された。

福栄屋の理代は今日祝言を迎えた筈だ。冴は先日は請け出されたばかりでおそらく知らなかっただろうが、今はきっと己の身請金の出どころを知って、胸を痛めていることだろう。二人の少女へそれぞれ思いを馳せて、咲はしばし気を沈ませた。

そういや、かつらさんはどうなったろう——？

先月、十五夜の前には秀吉に付文を送りたいとかつらは言っていた。もしもうまくことが運んでいたとしても、まだ二人で月見とまではゆかぬだろうが、今頃互いを想い合って月を見上げていやしないかと、少しばかり気を取り直す。

牡丹さんも……

途切れ途切れに聞こえてくる辰治の声と共に、咲は牡丹を思い浮かべた。

咲から辰治の名を聞いて、牡丹はすぐさま昔の恋人を思い出したに違いない。二十年余りの時を経て辰治が己を訪ねて来たことを、牡丹はどう思ったろうか。

辰治の歳や来店を問うた牡丹に、恨みや憎しみといった嫌悪の情は見られなかった。

——もしもその方が来たら知らせてちょうだい——

そう言った牡丹を思い返すと、多少なりとも辰治との再会を望んでいるように咲には思える。

翌朝、仕事に出る辰治と共に修次が帰って行くと、咲は二階で作りかけの牡丹の筒袋と煙草入れを広げて見つめた。

——お咲さんより背が高くて大柄で、お咲さんと同じくらい気が強くて気っ風のいい姐さんだった——

修次からそう聞いた時には、まず真っ赤な大輪の牡丹が思い浮かんだものだ。緑の葉は少なめに、落ち着いた赤を基調にしたいくつかの牡丹を意匠にするべく下描きを描き始めたのだが、実際に牡丹に会ったのちに花は三種にしようと思い直した。

女将・牡丹の美しさは、俚諺のたとえとは一味違う。見た目は「男前」でも、言葉や佇まいにはうまく歳を重ねてきた女ゆえの芯の強さと清廉さが感ぜられた。大年増にして出羽国から江戸に戻り、女手一つで表店を開くには、一筋縄ではいかなかったことだろう。そんな牡丹には赤い花だけよりも、白や混じり色の花も取り入れた意匠が似合うと判じたのだ。

筒袋も煙草入れも、僅かに入れることにした葉を先に縫い取り、そののちに少しずつ三種の花を重ね合わせてきた。

箔を控えめにしたのは、箔の煌びやかさよりも、刺繍の細やかさが牡丹の人となりや、内に秘めた「女らしさ」を表すように思えたからだ。

客に喜んでもらいたい、客をうならせたいという職人ならではの気概は常にあるのだが、此度一層強く意識したのは、牡丹もまた「女職人」だからであった。

二日かけて、じっくり花を縫っていると、三日目に修次が金具に加えて根付を持って現れた。

「修次さん、これはどうして――」

意匠をすり合わせた際、金具は花の合間を飛ぶ蝶にしようと話していた。だが、修次が包みから取り出した金具と根付には、どちらも雲の文様に似た、獅子のたてがみか尻尾の意匠があしらわれている。

「蝶よりも、牡丹にはやっぱり唐獅子だろう。牡丹さんにも、こっちの方が似合うだろうと思ってよ。根付はおまけさ。桔梗さんのが気に入ってたようだったから……」

根付は桔梗に贈った物と同じく、硝子玉が透かし彫りの銀細工に包まれている。「腰に提げることはないから」と、牡丹は根付は注文しなかったのだが、金具のみに唐獅子を模すよりも、根付と合わせた方が見栄えも調和も良いのは間違いない。

金具も根付も、自ずと辰治の煙管を思い出させた。

「……まったく勝手なんだから。一言相談してくれたっていいじゃないのさ」

「すまねぇ」

盆の窪に手をやって謝ってから、修次は愉しげににんまりとした。

「けど、俺ぁ、ちと賭けてみてぇのよ。牡丹さんがこれらを気に入るかどうか——気に入らねぇようなら蝶で作り直すから、まずは二つともつけてみてくれよ」

◎

修次と二人で再び深川を訪ねたのは三日後だ。

道中の桝田屋で品物を披露し、修次と二人で直に届けたいと告げると、美弥は顔をほころばせながら一も二もなく頷いた。

牡丹の家に上がり込むと、修次がゆっくりと、もったいぶりながら包みを開いた。

「——あら、根付まで？」

目を見張った牡丹に、修次は愛嬌たっぷりに微笑んだ。

「ついでにおまけで作りやした。よかったらお納めください」

「ふ、ふ、これは桔梗さんに早くお見せしたいわ」

筒袋と煙草入れを膝に置いて、牡丹も美弥に劣らぬ笑みをこぼすのへ、咲はまずまずほっとした。

筒袋から煙管を取り出すと、牡丹は端から端まで細工を確かめてから修次に問うた。

「一服しても？」

「もちろんです」

煙草に火を付け、気持ち良さそうに一つゆっくり吸って吐くと、牡丹は煙管を片手にそっと煙草入れの金具に触れる。

「牡丹に唐獅子ですか……」

「お気に召しませんか？」

「そうでもないけれど、随分ありきたりな意匠じゃないかと」

「長きにわたって親しまれてきた意匠ですや」と、くだけた調子で修次は言った。「牡丹さんにも、馴染みがある意匠じゃありやせんか？」

今一度煙草を吸いながら、牡丹は咲と修次を交互に見やった。

「……お咲さんの入れ知恵ですか？」

「いいえ」と、咲より早く修次が応えた。「俺は実は、辰さんと仲良しなんでさ」

「でも、お咲さんも辰治さんから話を聞いたのね？」

「はい」と、咲は正直に頷いた。「といっても、辰さんと牡丹さんが昔は言い交わしていた仲だったとか、怪我がもとで牡丹さんに振られたこととか、ああ、あと、私の弟の師匠が景三さん――牡丹さんのお兄さんだったことなどですが」

辰治の後悔や匂い袋には触れずに、咲はざっといきさつを打ち明けた。

「なんとまあ」

一通り話を聞いた牡丹は、煙管に新たな煙草を詰めながら苦笑を漏らした。

「辰治さんと同じ長屋ってだけでも驚きだったのに、よもや弟さんが兄の弟子だったなんてねぇ……」

「先だって、おかねさんから怪しい男の話を聞いて、牡丹さんは景三さんを——お兄さんを思い出されたのではありませんか？」

「まあ、ご慧眼」

おどけてから、牡丹は煙草に火を付けた。

「まさかと思ったんですけれど、人違いでしたね。兄は自分の言葉を違えるような人じゃないから……私はあの家ではとうに死んだ者ですから」

牡丹が辰治に見切りをつけたのは、年明けて十九歳になってからだった。

「私はまあ、若い頃から気が強くて可愛げのない女でしたからね。事故はお気の毒だったけれど、八つ当たりされるいわれはないと、不満がすぐ顔に出たものだから、余計に辰治さんとはぎくしゃくしました。けれども一度は夫婦になろうと思った人です。離れようと決心するまで、しばらく時がかかりました。また、父がこれ見よがしに『お前は見る目がない』『あの男はやはり駄目だ』などと嫌みや悪口を言ったものだから、半ば父への意地で、辰治さんが仕事に戻るまでは看病しました」

辰治に別れを告げるのと前後して、牡丹は昭助という名の出羽国の紅商人と知り合った。朱引の外に出たことがなかった牡丹は、昭助の語る一面の紅花畑や旅路の話に大いに興を覚えた。昭助が六尺近い大男だったことも、牡丹を惹きつけたらしい。大柄な牡丹も、昭助には小娘のように甘えることができたのだ。

「やがて昭助が国へ帰ると言うのへ、私は家の者の反対を押し切って、昭助と駆け落ちしたんです」

「駆け落ち――」

「今思えば自棄のやん八、若気の至りですよ」と、牡丹は苦笑を浮かべた。「昭助に惹かれていたのは確かですが、それよりも思い通りにいかないことを、辰治さんや家の者のせいにして腹を立てていたんです。でもあの時は昭助と一緒になることが――江戸から離れることが――最良の道に見えたんですよ」

――あいつと江戸を出ていくと言うのなら、お前はもう死んだものとする――

「両親と兄からそう告げられましたが、売り言葉に買い言葉の末、その日のうちに家を飛び出しました」

だが、出羽国での暮らしはそう甘くなかった。

昭助は江戸や旅中は腰が低く、人当たりが良かったが、国元の紅職人や紅農家には居丈高に振る舞った。己の利鞘をより増やすため、江戸で得た付け焼き刃の知識をひけらかして丸め込んだり、大男であることを利用して半ば脅しをかけたりして紅を買い叩くこともあった。

職人の娘として育った牡丹は、昭助の農家や職人の扱いが我慢ならず、幾度も懲りずに意見して昭助を怒らせた。

「ふふ」と、牡丹は微笑んだ。「私もまた、江戸ではしおらしく振る舞って、本性を隠していたのだからおあいこです。昭助は嫁が江戸者なのを自慢にしていましたが、私はこういう男勝りなりと性質ですから、陰では皆に莫迦にされていたようです」

そういったことに慣れぬ田舎暮しが相まって、仲違いすることが増えていった。

「初めの一年は、何度も江戸に帰ろうと思いました。離縁を切り出したこともありましたが、昭助がうんと言いませんでした」

昭助は両親を早くに亡くして、祖母に育てられたという。この祖母の身体があまり利かなくなってきて、面倒を看る者が必要だったため、昭助は頑なに離縁を拒んだ。

「逃げようにも、何も持たない二十歳そこそこの女が、一人で出羽から江戸まで旅するなんて無茶の極みです。それにお祖母さんは心優しい方でした。江戸ほどじゃないけれどお祖母さんも遠くから嫁にきて、でも夫や息子夫婦を早くに亡くして、女手一つで踏ん張ってきた人だったから、一人で親兄弟のもとを離れて出羽にきた私を案じてくれました。それから、お祖母さんを気遣う昭助は嫌いじゃなかった。家の中では――お祖母さんと一緒の時は、穏やかに過ごせました」

結句、意地と情が勝って牡丹は出羽国に留(とど)まった。

子供ができれば、また違うやもしれない――

そう思いながら夫婦は歩み寄り、次の三年で牡丹は二度懐妊し、流産した。懐妊を知ったのも流産したのも、二度とも昭助が江戸に行っている間だった。

二度目の流産を知って間もなく、昭助が亡くなった。ある紅職人と喧嘩になって、殴り合いの最中に心張り棒で頭を殴打されたのだ。のちに喧嘩の原因が、昭助が己と紅職人の不義を疑ったからだと牡丹は知った。

「江戸では喧嘩両成敗となるところでしたが、先に殴りかかったのが昭助で、昭助の方がずっと身体が大きかったので、みんな職人に同情しました。私やお祖母さんもその職人を恨むようなことはありませんでしたが、私はその方の呵責(かしゃく)の念につけ込んで、仕事を紹介してもらいました」

紅職人を通じて、牡丹は紅農家で働き始めた。手間賃は安かったが、なんとか義祖母との細々とした暮らしを賄うことはできた。

自然の厳しさを思い知らされながらも、牡丹はやがて紅花作りに夢中になった。紅花への情熱が高じて紅餅も作るようになり、更に件の紅職人から手ほどきを受けて、紅をも手がけるまでになったそうである。

「ずっと後になって、その職人とは少しばかりいい仲になったんですけどね。祝言は挙げませんでした。周りの目もあったし、お祖母さんにも昭助にもなんだか悪くて」

そうこうするうちに、更に一回りの年月が過ぎた。

男を病で、義祖母を老衰で相次いで亡くした牡丹は、久方ぶりに郷愁を抱いた。

「それで江戸に戻っていらしたんですね」

「ええ。五年前に」

出羽国で親しんだ者たちに別れを告げ、つてを頼って江戸に戻った。

真っ先に、だがこっそりと家を窺って、父母が亡くなっていることを知った。母親が己が出て行った日を命日として月ごとに娘の無事を神仏に祈っていたことを聞き、景三には合わせる顔がないと、牡丹は神田を避けて住まいを探した。

牡丹家の名に「家」を使ったのも、江戸で己の家を一から築かねばならなかったからだという。

「辰治さんの居所は探しませんでした。私は死んだことになっていたし、歳を考えれば向こうだって亡くなっていてもおかしくないですからね。それよりも、一から身を立てていくので精一杯だったんです。でも、辰治さんのことは折々に思い出しましたよ」

微苦笑と共に牡丹は一服含んだ。

「外で働き始めてから――紅花に触れてから、私は段々と欲張りになっていったんですよ。江戸でも、自分の紅を買ってもらえたことが嬉しかった。家にいた頃は自分が『職人』になろうとは――なれるとは思わなかったのです。でも、いざ紅職人になってみると、今度は小さくてもいいから自分の店が欲しいと思うようになり――そうして初めて、辰治さんが棟梁になりたいと言った気持ちが判った気がしました」

牡丹の家では景三が跡継ぎだと決まっていたように、辰治の家も土産物屋は上の兄が継ぎ、辰治は親の意向で否応なく奉公に出た。だが、大工仕事は辰治の性に合っていたようで、その道を極めたいと意気込んでいた矢先の事故だったのだ。

「――この顔と身体つきとで、私は幼い頃から『男勝り』だと言われて育ちました。家でも町でも、なんども言われたので、女らしくないことが恥ずかしい一方で、そこらの男には負けないという気概がどこかにありました。けれども所詮、女は女……年頃になるにつれて力では男の人に敵わなくなり、父が私に塗物を教えてくれることもありませんでした。ただ、私はどこかでずっと職人になりたいと願ってきたように思います。ですから、私もつい辰治さんに生意気なことを申しました」

――暮らしに困ることはないんだから……――

棟梁になれずとも、仕事に戻ることさえできれば――職人として働けるのなら、それだけで充分ではないか――そんな意を込めて、辰治を諭そうとした若き日の己を牡丹は恥じた。

「とはいえ、辰治さんからの八つ当たりはいまだ根に持っていますけれどね。あれもまた、若気の至りだったのでしょう」

ゆったりと煙をくゆらせてから、牡丹はにっこりとした。

己が作った牡丹の煙管へ目をやって、修次もゆったりと口を開いた。

「……辰さんは、今でも唐獅子の煙管を使っていますよ。あれは、牡丹さんからの贈り物だったとか」

瑞香堂からの帰り道で、辰治は修次にそう打ち明けていた。

牡丹が使ってきた煙管は、おそらくかつて己が使っていた物だろう――とも。

ゆえに修次は「賭け」に出たのだ。

「牡丹さんの煙管は、辰さんのお下がりじゃありやせんか？」

穏やかに問うた修次へ、牡丹が頷く。

「昔、新しい煙管を贈った折に、古いのをくれないかとねだったんですよ。私も煙草を覚えたいから、ってね。本当はただ、あの人の物を何か一つ、手元に置いておきたかっただけなんだけど。結句、煙草呑みになって出羽にも持って行きましたが、けして未練からじゃ……ううん、きっと未練もあったのでしょうね。だからって、ずっと想ってきたんじゃないんですよ」

「辰さんもおんなじように言っていやした」と、修次。「ずっと、未練がましく牡丹さんを想ってきたのではないと、あの煙管はただ、前の煙管のように使い勝手が良いから、他の煙管には馴染めなかったんだ——と。でも昔も今も、あの煙管で一服するのが、辰さんには至幸の時だってんでさ」

「そうですか。辰治さんもずっと同じ煙管を……」

新しい煙管を眺めつつ、懐かしさの滲む声で牡丹はつぶやいた。

「紅職人や紅屋の女将として今は牡丹と名乗っていますが、私の本当の名は富貴といいます。牡丹のまたの名の」

牡丹は「富貴草」「富貴花」の他、「花神」「百花王」といった異名を持っている。

——牡丹ってぇのは呼び名かい？——

背文のある牡丹という名の紅屋の女将と聞いて、辰治はすぐに紅商人と江戸を去ったかつての恋人を思い出したに違いない。

牡丹が「百花の王」なら、獅子は「百獣の王」であった。また、怖いもの知らずの獅子が唯一恐れているのがその身に宿る虫で、「獅子身中の虫」という俚諺の由来にもなっている。この虫は牡丹の花から滴る夜露にあたると死すらしく、ゆえに獅子は牡丹の花の下でのみ、心からくつろぎ、眠ることができるといわれていた。

「牡丹に唐獅子なんてありきたりですけれど、あの人だけの牡丹になりたい……そう願ってあの煙管を贈ったんです。遠い昔のことですけれど……」

若気の至り、とは思わなかった。

牡丹も此度はそう口にしなかった。

一度でもそんな風に誰かを愛した牡丹を、ただ羨ましいと咲は思った。

◎

注文の半襟の下描きをいくつか携えて、咲が桝田屋を訪ねたのは月末だった。

暖簾をくぐると、上がりかまちに座った牡丹と目が合って咲を驚かせる。

牡丹は煙草入れの代金を支払いがてら、他に咲か修次の手がけた物がないかと桝田屋に寄ったそうである。

「下描きの合間に巾着も縫っていたんですけれど、まだあと少しかかりそうなんです」

半襟の下描きを美弥に渡しながら咲は言った。

咲を隣りへ促してから、牡丹は恥ずかしげに囁いた。

「実は、兄を訪ねた帰りなのです」

「景三さんを……では、仲直りされたのですね？」

表情から判じて問うた咲へ、牡丹は苦笑を漏らした。

「そう安々とはいきませんよ。『今更なんだ』と、こっぴどくどやされましたが、お義姉さんが取りなしてくれたので、ひとまず父母に線香を上げることができました」

「それは――ようございました」

「お義姉さんがこっそり教えてくれたのですけど、どういうつてだか、兄はとうに私が江戸に戻っていたことを知っていたそうです。深川に店を開いたことも……自ら、店を見に行ったこともあったとか」

「まあ」

「でも、二人目の『怪しい男』は、やはり兄ではありませんでしたよ」

「というと、正体が判ったのですか？」

「ええ、三日前に。兄よりも少し年上の五十路に近い方で、うちの隣りの長屋のお婆さん――うふん、女の人に懸想していたとのことでした。あれからまた、贈り物のお菓子を持って出直して来たみたいです。女の人も満更でもなかったようで、この数日浮き浮きとして、うちの長屋の人に相談にいらしています」

「まあ……」

贈り物と聞いて、咲は辰治を思い出した。

辰さんからは何も聞いていないけど――

すると、咲の胸中を覗いたがごとく、くすりとして牡丹が言った。

「あの人も、また訪ねて来ましたよ。瑞香堂の匂い袋を持って」

「瑞香堂？」

そう問い返したのは、志郎が相手をしていた客である。

三十路前後と思しき男が、こちらを見やって如才ない会釈をこぼした。

「ああ、すみません。うちの店の名を聞いたものだから、つい……私は瑞香堂の聡一郎と申します」

「ちょうど、お咲さんの守り袋をご覧になっていたところです」と、志郎。

色白で、鶯茶色の着物に墨色の長めの羽織を着た姿が「ぼんぼん」らしい。すらりとした細身に細面、更には切れ長の細い目に薄い唇をしているが、目元や口元の笑い皺(じわ)に愛嬌がある。

己が目を留めた守り袋が咲の——女職人の手によるものだと知って、聡一郎は一層興を覚えたようだ。

「こちらも、お咲さんが作ったのですよ」

牡丹が巾着から筒袋と煙草入れを取り出すと、聡一郎は細い目を見開いてしげしげと細工を眺めた。

「これはまた素晴らしい……干支(えと)よりも、花の方がうちにはいいと思っていたところだったんです。一つ、私の注文も受けていただけませんか?」

匂い袋として、試しに沈丁花(じんちょうげ)の意匠の小さな袋を頼みたい——と、聡一郎は言った。

沈丁花の漢名が「瑞香」である。聡一郎は若旦那(わかだんな)ではなく、既に店を継いだ主(あるじ)で、これからは「香」と共に、店の名を冠した小間物も置きたいと考えているという。

聡一郎は修次の作った煙管や根付にも感嘆し、こちらも手始めに沈丁花の簪か根付でも頼もうかと乗り気になった。

修次への注文は煙草入れと煙管。修次は留め具も作っている。手間賃と、聡一郎の注文の相談を美弥から預かって、咲は暇を告げて腰を上げた。

「私もご一緒に」

追うようにして桝田屋を出て来た牡丹が、日本橋へ向かう咲に足を揃える。深川への帰り道とは反対になるが、「お話が途中でしたから」と、牡丹は日本橋の袂に近い欄干に咲を促した。

引きも切らずに行き交う人々を横目に、欄干にもたれて牡丹は口を開いた。

「辰さんもお咲さんの煙草入れを見て、感心していましたよ。巾着は時折見かけていたけれど、他の物をじっくり見たことはなかったんですって」

再会を機に、牡丹も「辰治さん」から「辰さん」と呼ぶようになったらしい。

「匂い袋も、お咲さんに煙草入れとお揃いの袋を新しく作ってもらおうか、なんて言ってましたけど、つい断ってしまいました。修次さんの案内だったとはいえ、あの人が瑞香堂で買って来たのかと思うと、可笑しくて、なんだかもったいなくて……」

穏やかな目をしてはにかんだ牡丹に、咲はやはり羨望を覚えた。

「大人げなかったと、謝られました。二十歳の若造が、大人げないも何も——と思わないでもなかったですが、あの頃はあの人の方が私より大人だったのは確かです。ほんのちょっぴりですけどね」

ふふ、と笑みをこぼして、牡丹は咲を見つめて続けた。

「お互い一服しながらだったので、のんびり話ができました。出羽から江戸に戻ってもう五年が経ちましたが、やっと本当に……帰ってきたと思いました」

――「帰ってきた」。

二十年余りを経て、兄がいる実方ではなく、己が築いた牡丹「家」でもなく。

「では、辰さんとよりを戻すことに？」

「それはまだなんとも」と、牡丹ははぐらかした。「茶飲み友達ならぬ煙草呑み友達でこと足りると思う一方で、お隣りの長屋の方を羨ましくも思うのです。――お咲さんはどう思われますか？」

「どうって」

面食らった咲へ、牡丹は愉しげに微笑んだ。

「なんにせよ、相手の都合もありますからね。でも、次は私が辰さんを訪ねてみようと思います。この歳で躊躇いがなくもないけれど、この歳だからこそ、うまいこと納まるやもしれない――とも」

「そう……ですね」

ますます目を細めた牡丹は、遅咲きの恋に浮かれているというよりも、咲をけしかけて――否、励ましているようである。

辰さんが何か余計なことを言ったんじゃ……？

修次曰く、辰治とはいまや「仲良し」らしい。なれば辰治が話の種に、牡丹に己と修次のつまらぬ噂を吹き込んだのではなかろうか。

訝る咲へ、牡丹は欄干から身を離し、背筋を伸ばしてから清々しい会釈をこぼした。

「では、私はここで。修次さんにもよろしくお伝えくださいまし」

「……かしこまりました」

牡丹がゆっくり日本橋の南側へ去って行くのを見送ってから、咲は踵を返した。

咲にしては珍しく、牡丹のごとくゆるりと日本橋を北へ渡って行くと、北側の袂の向こうにしろとましろの姿が見えた。

今日は振り売りが気になるのか、それとも何か探しているのか、通りがかりの振り売りの桶を右へ左へと覗いて回っている。

「しろ！　ましろ！」

橋の上から咲が呼ぶと、双子はこちらを見上げて、咲を認めるとにんまりとした。

だが次の瞬間、二人はくるりと踵を返して、咲を待たずに歩き始めた。

「しろにましろ！」

咲の呼び声に双子はちらりと後ろを振り返ったが、足を止めるどころか速めて品川町を西へ折れた。

なんだってのさ——

悪さはしない、と言っていたが、どうにも気になって咲は二人の後を追った。

双子は品川町を一周するごとくすぐに北へ、それから東へと折れて行ったが、再び室町へ出たところで咲は二人を見失った。

「どこに行ったんだか……」

首を傾げて日本橋の方を見やるも、しろとましろの姿は見当たらず、咲は諦めて通りを北へ——家路に就くべく歩き出す。

すると一町もゆかぬうちに、今度は修次と思しき後ろ姿を通りで見つけた。

今少し近付いてから声をかけようと、早足で後を追ううちに、修次も前をゆく女を追っていることに咲は気付いた。

麻の葉文様の帯を吉弥結びにした女はほっそりしていて、笄髷のうなじに色香が漂っている。

女の足に合わせて、一間余り後ろを付かず離れずで歩く修次の背中へ、咲も一間余りほどまで近付くと、ふいに修次が振り向いた。

「わぁっ」

「なんだい、人を化け物みたいに。驚いたのはこっちの方さ。——ふふふ、なかなか色気のあるお人じゃないの」

目を丸くしている修次へ、咲は先ほどのしろとましろを真似て、にんまりしながら顎をしゃくった。

「ち……違うんだ」

「何が違うのさ」

「女の尻を追いかけてたんじゃねぇ。こ、笄を見ていたんだ。笄と、帯を」

「ふうん、笄と帯をねぇ……」

疑うつもりは毛頭ないが、からかい交じりに咲は疑いの目を向けた。

「ちぇっ、まったくついてねぇ」

「そうでもないよ。桝田屋からお代と仕事の話をもらってきたからさ。暇なら松葉屋で一杯どうだい？」

「お、おう。そりゃいいな。そうしよう」

気を取り直して頷くと、修次は先導するように歩き出した。

牡丹の注文は咲と修次の取り分がそれぞれ二分ずつ、桝田屋が一分だった。総額一両一分の代金の他に牡丹は一朱ずつ二つに分けて心付けを包んでくれたのだが、咲は二つとも修次に手渡した。

「どうして二つとも俺に？」

「あんたは賭けに勝ったんだ。牡丹さんは唐獅子の金具や根付が気に入ったから、心付けを弾んでくれたのさ」

「根付は俺が勝手に作ったもんだし、金具だってそうだ。……焼け木杭に火がつくかどうか、お咲さんだって賭けてみてぇと思ったんじゃねぇのかい？」

「焼け木杭ねぇ……」

――折々に思い出すことはあったが、お咲ちゃんが思ってるようなんじゃねぇ――

――だからって、ずっと想ってきたんじゃないんですよ――

二人の言い分を咲は疑ってはいない。

かつての恋人たちだからこそとんとん拍子に進んでいるのやもしれないが、どちらかに執着が残っていたら、この二人はうまくいかなかったように思うのだ。

「……そうだね。私も賭けてみたかったのかもしれないね。二人が、今ならうまくいくのかどうか」

一度は袂を分かった二人が、二十年余りの時を経て巡り会ったのだ。離れていた間に、互いに見た目も、男女を見る目も、少なからず変わっただろうに、その上で再び惹かれ合った牡丹と辰治が咲にはどこか眩(まぶ)しく思える。

「だったら、やっぱりこれは山分けにしようや」

にっこりとして修次が心付けの包みを一つ返すのへ、咲はつられて手を差し出した。

と、修次はすかさず反対側の手で咲の手を取り、手のひらにしっかりと心付けを置いて握らせた。

拳(こぶし)二つ分ほど背丈が違うだけあって、手のひらも咲より一回りは大きい。

色白の優男で、身なりもぼんぼん風の修次だが、硬い指先と細かな傷や火傷痕(やけどあと)のある両手はどちらも職人らしくて、咲は恥じらいよりも安堵(あんど)を覚えた。

「ありがとさん」

素直に礼を言ったところ、修次の方が気恥ずかしくなったのか、さっと手を引っ込めたものだから、咲は内心笑いをこらえるのに苦心した。

「沈丁花の簪か根付ねぇ……」

聡一郎の注文を聞いて、修次はわざとらしく顎に手をやった。

「それにしても、あいつは店主だったのか。てっきり若旦那だと思ってたぜ」

「私はこれまで見かけたことがなかったよ。といっても、瑞香堂は随分ご無沙汰(ぶさた)だから、代替わりに気付かなかったのも道理なんだけどさ」

「ふうん……」

「なんだい？　乗り気じゃないみたいだね」

「だって、瑞香堂のは揃いの注文じゃないんだろう？　牡丹さんのやつみてぇにさ。意匠は同じ沈丁花でも、ばらばらの注文じゃぁつまんねぇや」

「でも、お客の中には、あんたの根付に私の匂い袋を合わせて買ってくれる人がいるやもしれないよ？」

「だとしてもよ……なぁ、お咲さん、瑞香堂はさておき、また何か一緒に作ろうや。また巾着に根付でもいいし、櫛に櫛入れ、毛抜きに小袋でもいいや。お咲さんと俺の作る物なら必ず良い値がつくからよ」

　修次の作品なら、それだけでも高く売れるだろう。だが、此度意匠を合わせた牡丹の注文は、煙管と入れ物だけでも牡丹の期待よりずっと良い物に仕上がったと咲は――修次もおそらく――自負している。

　巾着に根付がもっとも有用だろうが、櫛に櫛入れ、毛抜きに小袋などは、注文主がいてもいなくても、よりこだわりのある面白い物が作れそうだ。

「そうだねぇ……」

　浮き立つ胸中を隠して、咲も修次を真似てわざとらしく顎に手をやってみた。

――なんなら、俺がもらってやろうか？――

――寝言は寝てお言いよ――

年明けの、修次の冗談交じりの求婚が思い出された。

あれからまだ一年にもならず、修次と知り合ってからもほんの一年余りだということが咲を驚かせる。

あの時は迷わず一蹴（いっしゅう）した咲だったが――

「……なんでぇ、乗り気じゃねぇのかい？」

少しばかり拗（す）ねた顔をした修次に内心くすりとしながら、咲は応えた。

「そうでもないさ。けどその前に、簪を一本頼んでもいいかい？」

「うん？」

「前に言ってたろう？　あんたの簪と私の財布を取り換えようって。修次さんの注文で財布を一つ作るからさ。私に簪を一本作っておくれよ」

まじまじと咲を見つめることほんの束の間、修次は大きく頷いた。

「合点だ！　意匠はどうする？　お咲さんならやっぱり花か、それとも鳥か――」

「なんでもいいよ。あんたの作る物なら、なんであろうと間違いないもの」

「じゃあ俺も、意匠はお咲さんに任せるさ。お咲さんの見立てなら間違（ちげ）ぇねぇ。とびきりの財布を作ってくんな。俺もお咲さんのために、とびきりの簪を作るからよ」

「言われるまでもないさ。あんたには」

負けやしないから――

そう言いかけて、咲は口をつぐんだ。

……勝ち負けじゃない。

ただこの人のために、この人に似合う「良い物」を作りたい――

「俺には、なんだい？」

「あんたには……どんな意匠が似合うかと思ってさ。まあ、できてからのお楽しみにしといておくれ」

「おう。お咲さんも楽しみにな！　いやはや、今日はついてんなぁ……」

目を細めて喜ぶ修次に、咲は思わず噴き出した。

「まったく調子のいいことで」

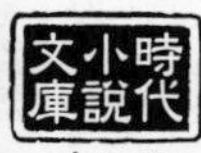

ち 2-10

獅子の寝床 神田職人えにし譚

著者 知野みさき

2022年 2月18日第一刷発行

発行者 角川春樹

発行所 株式会社 角川春樹事務所

〒102-0074 東京都千代田区九段南2-1-30 イタリア文化会館

電話 03(3263)5247[編集] 03(3263)5881[営業]

印刷・製本 中央精版印刷株式会社

フォーマット・デザイン&シンボルマーク 芦澤泰偉

ISBN978-4-7584-4462-0 C0193

http://www.kadokawaharuki.co.jp/[営業]

fanmail@kadokawaharuki.co.jp[編集] ご意見・ご感想をお寄せください。

本書は、ハルキ文庫(時代小説文庫)の書き下ろし作品です。